詩

こころをゆさぶる言葉たちよ。

Words That Touch Our Heart and Soul

くもん出版

詩 こころをゆさぶる言葉《ことば》たちよ。

もくじ

島崎藤村《しまざきとうそん》
初恋《はつこい》

まだあげ初《そ》めし前髪《まえがみ》の
林檎《りんご》のもとに見《み》えしとき
前《まえ》にさしたる花櫛《はなぐし》の
花《はな》ある君《きみ》と思《おも》いけり

やさしく白《しろ》き手《て》をのべて
林檎《りんご》をわれにあたえしは
薄紅《うすくれない》の秋《あき》の実《み》に
人《ひと》こい初《そ》めしはじめなり

わがこころなきためいきの

島崎藤村《しまざきとうそん》　一八七二〜一九四三

あげ初《そ》めし…(日本髪《にほんがみ》を結《ゆ》う年頃《としごろ》になった少女《しょうじょ》が額《ひたい》にたらしていた前髪《まえがみ》を)あげたばかりの。　**花櫛《はなぐし》**…花《はな》もようをあしらった櫛《くし》。
こころなき…分別《ふんべつ》のない。思《おも》いやりのない。自分《じぶん》を謙遜《けんそん》した表現《ひょうげん》。

その髪《かみ》の毛《け》にかかるとき
たのしき恋《こい》の盃《さかずき》を
君《きみ》が情《なさ》けに酌《く》みしかな

林檎《りんご》畠《ばたけ》の樹《こ》の下《した》に
おのずからなる細道《ほそみち》は
誰《た》が踏《ふ》みそめしかたみぞと
問《と》いたもうこそこいしけれ

君《きみ》が情《なさ》け…あなたの愛情《あいじょう》。

島崎藤村《しまざきとうそん》

椰子《やし》の実《み》

名《な》も知《し》らぬ遠《とお》き島《しま》より
流《なが》れ寄《よ》る椰子《やし》の実《み》一《ひと》つ

故郷《ふるさと》の岸《きし》を離《はな》れて
汝《なれ》はそも波《なみ》に幾月《いくつき》

旧《もと》の樹《き》は生《お》いや茂《しげ》れる
枝《えだ》はなお影《かげ》をやなせる

われもまた渚《なぎさ》を枕《まくら》
孤身《ひとりみ》の浮寝《うきね》の旅《たび》ぞ

汝《なれ》…おまえ。なんじ。
そも…そもそも。一体全体《いったいぜんたい》。

実《み》をとりて胸《むね》にあつれば
新《あら》たなり流離《りゅうり》の憂《うれ》い
海《うみ》の日《ひ》の沈《しず》むを見《み》れば
激《たぎ》り落《お》つ異郷《いきょう》の涙《なみだ》
思《おも》いやる八重《やえ》の汐々《しおじお》
いずれの日《ひ》にか国《くに》に帰《かえ》らん

胸《むね》にあつれば…胸《むね》にあてれば。
君死《きみし》にたもうことなかれ…あなたは決《けっ》して死《し》んではなりませんよ。

与謝野晶子《よさのあきこ》

君死《きみし》にたもうことなかれ

旅順口包囲軍《りょじゅんこうほういぐん》の中《なか》に在《あ》る弟《おとうと》を歎《なげ》きて

ああおとうとよ、君《きみ》を泣《な》く、
君死《きみし》にたもうことなかれ、
末《すえ》に生《う》まれし君《きみ》なれば
親《おや》のなさけはまさりしも、
親《おや》は刃《やいば》をにぎらせて
人《ひと》を殺《ころ》せとおしえしや、
人《ひと》を殺《ころ》して死《し》ねよとて
二十四《にじゅうし》までをそだてしや。

堺《さかい》の街《まち》のあきびとの

与謝野晶子《よさのあきこ》　一八七八～一九四二

旅順口包囲軍《りょじゅんこうほういぐん》の中《なか》に在《あ》る弟《おとうと》…日露戦争《にちろせんそう》（1904－1905）初期《しょき》に、東郷平八郎中将《とうごうへいはちろうちゅうじょう》のもと、日本海軍《にほんかいぐん》がロシア艦隊《かんたい》のこもる旅順《りょじゅん》（中国遼寧省大連《ちゅうごくりょうねいしょうだいれん》の一地区《いちちく》）港口《こうこう》を封鎖《ふうさ》したが、その軍隊《ぐんたい》の中《なか》に作者《さくしゃ》の弟《おとうと》がいて、彼《かれ》に向《む》けてうたわれた。

旧家《きゅうか》をほこるあるじにて
親《おや》の名《な》を継《つ》ぐ君《きみ》なれば、
君死《きみし》にたもうことなかれ、
旅順《りょじゅん》の城《しろ》はほろぶとも、
ほろびずとても、何事《なにごと》ぞ、
君《きみ》は知《し》らじな、あきびとの
家《いえ》のおきてに無《な》かりけり。

君死《きみし》にたもうことなかれ、
すめらみことは、戦《たたか》いに
おおみずからは出《い》でまさね、
かたみに人《ひと》の血《ち》を流《なが》し、
獣《けもの》の道《みち》に死《し》ねよとは、
死《し》ぬるを人《ひと》のほまれとは、

(11ページ)**あきびと**…「あきんど」に同《おな》じ。商人《しょうにん》。
知《し》らじな…知《し》らないのでしょう。　**すめらみこと**…天皇《てんのう》をうやまって呼《よ》ぶ語《ご》。天皇陛下《てんのうへいか》。　**死《し》ぬるを人《ひと》のほまれとは**…死《し》ぬことが人間《にんげん》の名誉《めいよ》とは。

大《おお》みこころの深《ふか》ければ
もとよりいかで思《おぼ》されん。

ああおとうとよ、戦《たたか》いに
君死《きみし》にたもうことなかれ、
すぎにし秋《あき》を父《ちち》ぎみに
おくれたまえる母《はは》ぎみは、
なげきの中《なか》に、いたましく
わが子《こ》を召《め》され、家《いえ》を守《も》り、
安《やす》しと聞《き》ける大御代《おおみよ》も
母《はは》のしら髪《が》はまさりぬる。

暖簾《のれん》のかげに伏《ふ》して泣《な》く
あえかにわかき新妻《にいづま》を、

大《おお》みこころの深《ふか》ければ…天皇陛下《てんのうへいか》のお心《こころ》は深《ふか》いので。
すぎにし秋《あき》…この間《あいだ》の秋《あき》。
おくれたまえる母《はは》ぎみは…先立《さきだ》たれたお母様《かあさま》は。

君《きみ》わするるや、思《おも》えるや、
十月《とつき》も添《そ》わでわかれたる
少女《おとめ》ごころを思《おも》いみよ、
この世《よ》ひとりの君《きみ》ならで
ああまた誰《たれ》をたのむべき、
君死《きみし》にたもうことなかれ。

与謝野晶子《よさのあきこ》

夏《なつ》の力《ちから》

わたしは生《い》きる、力一《ちからいっ》ぱい、
汗《あせ》を拭《ふ》き拭《ふ》き、ペンを手《て》にして。

（13ページ）**安《やす》しと聞《き》ける大御代《おおみよ》も**…安泰《あんたい》であると聞《き》いていた天皇陛下《てんのうへいか》の治《おさ》める時代《じだい》なのに。　**あえかに**…美《うつく》しくかよわげなさま。
この世《よ》ひとりの君《きみ》ならで…あなたはこの世《よ》で一人《ひとり》ではないので。

今《いま》、宇宙《うちゅう》の生気《せいき》が
わたしに十分感電《じゅうぶんかんでん》している。
わたしは法悦《ほうえつ》に有頂天《うちょうてん》になろうとする。
雲《くも》が一片《いっぺん》あの空《そら》から覗《のぞ》いている。
雲《くも》よ、おまえも放《はな》たれている仲間《なかま》か。
よい夏《なつ》だ、
夏《なつ》がわたしと一所《いっしょ》に燃《も》え上《あ》がる。

法悦《ほうえつ》…うっとりするような深《ふか》い喜《よろこ》び。陶酔《とうすい》。
有頂天《うちょうてん》…うれしくて気分《きぶん》が舞《ま》い上《あ》がっていること。

根付《ねつけ》の国《くに》

高村光太郎《たかむらこうたろう》

頬骨《ほおぼね》が出《で》て、唇《くちびる》が厚《あつ》くて、眼《め》が三角《さんかく》で、名人三五郎《めいじんさんごろう》の彫《ほ》った根付《ねつけ》の様《よう》な顔《かお》をして
魂《たましい》をぬかれた様《よう》にぽかんとして
自分《じぶん》を知《し》らない、こせこせした
命《いのち》のやすい
見栄坊《みえぼう》な
小《ちい》さく固《かた》まって、納《おさ》まり返《かえ》った
猿《さる》の様《よう》な、狐《きつね》の様《よう》な、ももんがあの様《よう》な、だぼはぜの様《よう》な、麦魚《めだか》の様《よう》な、鬼《おに》瓦《がわら》の様《よう》な、茶碗《ちゃわん》のかけらの様《よう》な日本人《にほんじん》

高村光太郎《たかむらこうたろう》　一八八三〜一九五六

根付《ねつけ》…タバコ入《い》れや巾着《きんちゃく》などのひもの先端《せんたん》につける、小《ちい》さな装飾品《そうしょくひん》。
名人三五郎《めいじんさんごろう》…のちに「名人周山《めいじんしゅうざん》」と改稿《かいこう》されたりしていることから、江戸時代《えどじだい》中期《ちゅうき》の根付師《ねつけし》吉村周山《よしむらしゅうざん》(1700－1773)のことと思《おも》われる。

冬《ふゆ》が来《き》た

高村光太郎《たかむらこうたろう》

きっぱりと冬《ふゆ》が来《き》た
八《や》つ手《で》の白《しろ》い花《はな》も消《き》え
公孫樹《いちょう》の木《き》も箒《ほうき》になった

きりきりともみ込《こ》むような冬《ふゆ》が来《き》た
人《ひと》にいやがられる冬《ふゆ》
草木《くさき》に背《そむ》かれ、虫類《ちゅうるい》に逃《に》げられる冬《ふゆ》が来《き》た

冬《ふゆ》よ
僕《ぼく》に来《こ》い、僕《ぼく》に来《こ》い
僕《ぼく》は冬《ふゆ》の力《ちから》、冬《ふゆ》は僕《ぼく》の餌食《えじき》だ

八《や》つ手《で》…ウコギ科《か》の常緑低木《じょうりょくていぼく》で、庭木《にわき》などにされる。葉《は》は大《おお》きなてのひら状《じょう》で、テングノハウチワなどと呼《よ》ばれる。「八《や》つ手《で》の花《はな》」は冬《ふゆ》の季語《きご》。
箒《ほうき》になった…箒《ほうき》のように葉《は》がすべて落《お》ちたさま。

しみ透《とお》れ、つきぬけ
火事《かじ》を出《だ》せ、雪《ゆき》で埋《う》めろ
刃物《はもの》のような冬《ふゆ》が来《き》た

高村光太郎《たかむらこうたろう》

道程《どうてい》

僕《ぼく》の前《まえ》に道《みち》はない
僕《ぼく》の後《うし》ろに道《みち》は出来《でき》る
ああ、自然《しぜん》よ
父《ちち》よ

僕《ぼく》を一人立《ひとりだ》ちにさせた広大《こうだい》な父《ちち》よ
僕《ぼく》から目《め》を離《はな》さないで守《まも》る事《こと》をせよ
常《つね》に父《ちち》の気魄《きはく》を僕《ぼく》に充《み》たせよ
この遠《とお》い道程《どうてい》のため
この遠《とお》い道程《どうてい》のため

あどけない話《はなし》

高村光太郎《たかむらこうたろう》

智恵子《ちえこ》は東京《とうきょう》に空《そら》が無《な》いという、
ほんとの空《そら》が見《み》たいという。
私《わたし》は驚《おどろ》いて空《そら》を見《み》る。

智恵子《ちえこ》…作者光太郎《さくしゃこうたろう》の妻《つま》。洋画家《ようがか》。福島県安達郡生《ふくしまけんあだちぐんう》まれ。後《のち》に心《こころ》の病《やまい》に苦《くる》しむが、この作品《さくひん》は発病前《はつびょうまえ》に書《か》かれたもの。

桜若葉《さくらわかば》の間《あいだ》に在《あ》るのは、
切《き》っても切《き》れない
むかしなじみのきれいな空《そら》だ。
どんよりけむる地平《ちへい》のぼかしは
うすもも色《いろ》の朝《あさ》のしめりだ。
智恵子《ちえこ》は遠《とお》くを見《み》ながら言《い》う。
阿多多羅山《あたたらやま》の山《やま》の上《うえ》に
毎日出《まいにちで》ている青《あお》い空《そら》が
智恵子《ちえこ》のほんとの空《そら》だという。
あどけない空《そら》の話《はなし》である。

阿多多羅山《あたたらやま》…安達太良山《あだたらやま》に同《おな》じ。福島県北部《ふくしまけんほくぶ》にある標高約《ひょうこうやく》1,700メートルの火山《かざん》。智恵子《ちえこ》の実家《じっか》からよく見《み》えた。

ぼろぼろな駝鳥《だちょう》

高村光太郎《たかむらこうたろう》

何《なに》が面白《おもしろ》くて駝鳥《だちょう》を飼《か》うのだ。
動物園《どうぶつえん》の四坪半《よつぼはん》のぬかるみの中《なか》では、
脚《あし》が大股過《おおまたす》ぎるじゃないか。
頸《くび》があんまり長過《ながす》ぎるじゃないか。
雪《ゆき》の降《ふ》る国《くに》にこれでは羽《はね》がぼろぼろ過《す》ぎるじゃないか。
腹《はら》がへるから堅《かた》パンも食《く》うだろうが、
駝鳥《だちょう》の眼《め》は遠《とお》くばかり見《み》ているじゃないか。
身《み》も世《よ》もない様《よう》に燃《も》えているじゃないか。
瑠璃色《るりいろ》の風《かぜ》が今《いま》にも吹《ふ》いて来《く》るのを待《ま》ちかまえているじゃないか。
あの小《ちい》さな素朴《そぼく》な頭《あたま》が無辺大《むへんだい》の夢《ゆめ》で逆巻《さかま》いているじゃないか。
これはもう駝鳥《だちょう》じゃないじゃないか。

四坪半《よつぼはん》…坪《つぼ》は土地《とち》などの面積《めんせき》の単位《たんい》。1坪《つぼ》は約《やく》3.306平方《へいほう》メートル。約《やく》14.877平方《へいほう》メートル。
無辺大《むへんだい》…広大無辺《こうだいむへん》なこと。広《ひろ》びろとはてしのないさま。

人間《にんげん》よ、
もう止《よ》せ、こんな事《こと》は。

もう一《ひと》つの自転《じてん》するもの

高村光太郎《たかむらこうたろう》

春《はる》の雨《あめ》に半分《はんぶん》ぬれた朝《あさ》の新聞《しんぶん》が
すこし重《おも》たく手《て》にのって
この世《よ》の字劃《じかく》をずたずたにしている
世界《せかい》の鉄《てつ》と火薬《かやく》とそのうしろの巨大《きょだい》なものとが
もう一度《いちど》やみ難《がた》い方向《ほうこう》に向《む》いてゆくのを
すこし油《あぶら》のにじんだ活字《かつじ》が教《おし》える

字劃《じかく》…漢字《かんじ》を構成《こうせい》する点《てん》や線《せん》のことをいうが、ここでは、新聞《しんぶん》の字面《じづら》のこと。

とどめ得《え》ない大地《だいち》の運行《うんこう》
べったり新聞《しんぶん》について来《き》た桜《さくら》の花《はな》びらを私《わたし》ははじく
もう一《ひと》つの大地《だいち》が私《わたし》の内側《うちがわ》に自転《じてん》する

高村光太郎《たかむらこうたろう》

激動《げきどう》するもの

そういう言葉《ことば》で言《い》えないものがあるのだ
そういう考《かんが》え方《かた》に乗《の》らないものがあるのだ
そういう色《いろ》で出《だ》せないものがあるのだ

そういう見方《みかた》で描《か》けないものがあるのだ
そういう道《みち》とはまるで違《ちが》った道《みち》があるのだ
そういう図形《ずけい》にまるで嵌《はま》らない図形《ずけい》があるのだ
そういうものがこの空間《くうかん》に充満《じゅうまん》するのだ
そういうものが微塵《みじん》の中《なか》にも激動《げきどう》するのだ
そういうものだけがいやでも己《おの》れを動《うご》かすのだ
そういうものだけがこの水引草《みずひきぐさ》に紅《あか》い点々《てんてん》をうつのだ

微塵《みじん》…細《こま》かいちり。
水引草《みずひきぐさ》…林《はやし》や山道《さんどう》に生《は》えるタデ科《か》の多年草《たねんそう》。目立《めだ》たないが可憐《かれん》な花《はな》をつける。

山村《やまむら》暮鳥《ぼちょう》

風景《ふうけい》

純銀《じゅんぎん》もざいく

いちめんのなのはな
いちめんのなのはな
いちめんのなのはな
いちめんのなのはな
いちめんのなのはな
いちめんのなのはな
いちめんのなのはな
かすかなるむぎぶえ
いちめんのなのはな

山村《やま むら》暮鳥《ぼ ちょう》　一八八四〜一九二四

むぎぶえ…青《あお》い麦《むぎ》の茎《くき》をかるくかんで、笛《ふえ》のように吹《ふ》きならすもの。

いちめんのなのはな
いちめんのなのはな
いちめんのなのはな
いちめんのなのはな
いちめんのなのはな
いちめんのなのはな
いちめんのなのはな
ひばりのおしゃべり
いちめんのなのはな

いちめんのなのはな
いちめんのなのはな
いちめんのなのはな
いちめんのなのはな

ひばり…スズメ目《もく》ヒバリ科《か》の鳥《とり》。

いちめんのなのはな
いちめんのなのはな
いちめんのなのはな
やめるはひるのつき
いちめんのなのはな。

山村暮鳥《やまむらぼちょう》

春《はる》の河《かわ》

たっぷりと
春《はる》の河《かわ》は
ながれているのか

やめるは…病《や》めるは。病《や》んでいるのは。

いないのか
ういている
藁《わら》くずのうごくので
それとしられる

山村暮鳥《やまむらぼちょう》

雲《くも》

おうい雲《くも》よ
ゆうゆうと
馬鹿《ばか》にのんきそうじゃないか
どこまでゆくんだ

ずっと磐城平《いわきたいら》の方《ほう》までゆくんか

山村暮鳥《やまむらぼちょう》

ある時《とき》

雲《くも》もまた自分《じぶん》のようだ
自分《じぶん》のように
すっかり途方《とほう》にくれているのだ
あまりにあまりにひろすぎる
涯《はて》のない蒼空《あおぞら》なので
おう老子《ろうし》よ
こんなときだ

磐城平《いわきたいら》…磐城《いわき》は旧国名《きゅうこくめい》の一《ひと》つ。福島県東部《ふくしまけんとうぶ》および宮城県南部《みやぎけんなんぶ》の総称《そうしょう》。
老子《ろうし》…中国春秋戦国時代《ちゅうごくしゅんじゅうせんごくじだい》の思想家《しそうか》。仁義道徳《じんぎどうとく》を説《と》いた儒家《じゅか》に対《たい》し、無為自然《むいしぜん》（ありのままの自然《しぜん》に自分《じぶん》を委《ゆだ》ねること）を人間《にんげん》の天命《てんめい》と説《と》いた道家《どうか》の開祖《かいそ》。

にこにことして
ひょっこりとでてきませんか

山村暮鳥《やまむらぼちょう》

馬《うま》

たっぷりと
水《みず》をたたえた
田《た》んぼだ
代《しろ》かき馬《うま》がたのくろで
げんげの花《はな》をたべている

代《しろ》かき…水田《すいでん》に水《みず》を引《ひ》いて土《つち》をならし、田植《たう》えの準備《じゅんび》をすること。
たのくろ…田《た》と田《た》の間《あいだ》のあぜ道《みち》のこと。
げんげ…れんげに同《おな》じ。マメ科《か》の多年草《たねんそう》。レンゲソウ。

山村暮鳥《やまむらぼちょう》

赤《あか》い林檎《りんご》

こどもはいう
赤《あか》い林檎《りんご》のゆめをみたと
いいゆめをみたもんだな
ほんとにいい
いつまでも
わすれないがいいよ
大人《おとな》になってしまえば
もう二どと
そんないい夢《ゆめ》は見《み》られないんだ

竹久夢二《たけひさゆめじ》

宵待草《よいまちぐさ》

まてどくらせどこぬひとを
宵待草《よいまちぐさ》のやるせなさ。
こよいは月《つき》もでぬそうな。

竹久夢二《たけひさゆめじ》

春《はる》のあしおと

どこかしら
白《しろ》いぼうるのはずむ音《おと》

竹久夢二《たけひさゆめじ》　一八八四〜一九三四

宵待草《よいまちぐさ》…マツヨイグサ（待宵草《まつよいぐさ》）の別名《べつめい》。アカバナ科《か》のマツヨイグサ属《ぞく》の総称《そうしょう》。夕方《ゆうがた》に開花《かいか》するので、宵待草《よいまちぐさ》、月見草《つきみそう》の名《な》がある。

いつかしら
足音《あしおと》もない春《はる》がきた
隣《となり》の室《へや》へ春《はる》がきた。
なにかしら
うれしいことがあるように
春《はる》がわたしをのっくする。

竹久夢二《たけひさゆめじ》

岸辺《きしべ》に立《た》ちて

空一《そらいち》めんのうろこ雲《ぐも》
野《の》は眼《め》のかぎり緑《みどり》なる。
なかをしらじらひとすじの

うろこ雲《ぐも》…巻積雲《けんせきうん》の俗称《ぞくしょう》。いわし雲《ぐも》。うろこが多数《たすう》ならんでいるように見《み》えるのでこの名《な》がある。

かなしき川《かわ》はながれたり。
昔《むかし》の人《ひと》もなげきけん
今日《きょう》はたおなじ若人《わこうど》の
ふせたる眉《まゆ》に愁《うれ》いあり。
鷗《かもめ》よかもめやよかもめ
なれも歌《うた》なき小鳥《ことり》かな。

竹久夢二《たけひさゆめじ》
嘘《うそ》

なげた石《いし》
鳥居《とりい》のうえにのっかれば

今日《きょう》はたおなじ若人《わこうど》の…今日《きょう》もまた昔《むかし》の人《ひと》と同《おな》じような若者《わかもの》の。
やよかもめ…やあ、かもめ。「やよ」はよびかけの語《ご》。
なれ…なんじ。おまえ。

どんな願《ねが》いもかなえんと
氏神様《うじがみさま》はのたまいぬ。

鳥居《とりい》のしたにあつまりし
太郎《たろう》に次郎《じろう》に草之助《そうのすけ》
何《なに》がほしいときいたらば
太郎《たろう》がいうには犬張子《いぬはりこ》
次郎《じろう》がいうにはぶんまわし
生《い》きた馬《うま》をば草之助《そうのすけ》。
願《ねが》いをこめてなげた石《いし》
首尾《しゅび》よく鳥居《とりい》へのっかった。
石《いし》は鳥居《とりい》へのったれど
いまだに何《なに》もくださらぬ。

のたまいぬ…おっしゃった。
犬張子《いぬはりこ》…犬《いぬ》の立《た》ち姿《すがた》の張《は》り子細工《こざいく》の玩具《がんぐ》。子《こ》どもの魔《ま》よけとして使《つか》われた。
ぶんまわし…コンパス（文房具《ぶんぼうぐ》）の古《ふる》い言《い》い方《かた》。

北原白秋《きたはらはくしゅう》

空《そら》に真《ま》っ赤《か》な

空《そら》に真《ま》っ赤《か》な雲《くも》のいろ。
玻璃《はり》に真《ま》っ赤《か》な酒《さけ》の色《いろ》。
なんでこの身《み》が悲《かな》しかろ。
空《そら》に真《ま》っ赤《か》な雲《くも》のいろ。

北原白秋《きたはらはくしゅう》　一八八五〜一九四二

玻璃《はり》…ここでは、ガラスの別名《べつめい》。

北原白秋《きたはらはくしゅう》

風《かぜ》

一

遠《とお》きもの
まず揺《ゆ》れて、
つぎつぎに、
目《め》に揺《ゆ》れて、
揺《ゆ》れ来《き》たるもの、
風《かぜ》なりと思《おも》う間《ま》もなし、
我《われ》いよよ揺《ゆ》られはじめぬ。

二

風《かぜ》吹《ふ》けば風《かぜ》吹《ふ》くがまま、
我《われ》はただ揺《ゆ》られ揺《ゆ》られつ。
揺《ゆ》られつつ、その風《かぜ》をまた、
わがうしろ遥《はる》かにおくる。

三

吹《ふ》く風《かぜ》に揺《ゆ》れそよぐもの、
目《め》に満《み》ちて、
翔《かけ》る鳥《とり》、
ただ一羽《いちわ》、
弧《こ》は描《か》けど、
揺《ゆ》れ揺《ゆ》れて、

まだ、空《そら》の中《うち》。

四

吹《ふ》く風《かぜ》の道《みち》に、
驚《おどろ》きやまぬものあり、
光《ひか》り、また、暗《くら》みて、
おりふし強《つよ》く、急《きゅう》に強《つよ》く、
光《ひか》り、また、暗《くら》む、――
すべて秋《あき》、今《いま》は秋《あき》。

五

輝《かがや》けど、
そは遠《とお》し。
尾花《おばな》吹《ふ》く風《かぜ》。

おりふし…ここでは、ときどきの意《い》。
尾花《おばな》…すすきのこと。

落葉松《からまつ》

北原白秋《きたはらはくしゅう》

一

からまつの林《はやし》を過《す》ぎて、
からまつをしみじみと見《み》き。
からまつはさびしかりけり。
たびゆくはさびしかりけり。

二

からまつの林《はやし》を出《い》でて、
からまつの林《はやし》に入《い》りぬ。
からまつの林《はやし》に入《い》りて、

しみじみと見《み》き…心静《こころしず》かに落《お》ちついてじっと見《み》た。
林《はやし》に入《い》りぬ…林《はやし》の中《なか》へ入《はい》った。

また細《ほそ》く道《みち》はつづけり。

三

からまつの林《はやし》の奥《おく》も
わが通《とお》る道《みち》はありけり。
霧雨《きりさめ》のかかる道《みち》なり。
山風《やまかぜ》のかよう道《みち》なり。

四

からまつの林《はやし》の道《みち》は
われのみか、ひともかよいぬ。
ほそぼそと通《かよ》う道《みち》なり
さびさびといそぐ道《みち》なり。

ひともかよいぬ…ほかの人《ひと》も通《とお》った（行《い》き来《き》した）。

五

からまつの林《はやし》を過《す》ぎて、
ゆえしらず歩《あゆ》みひそめつ。
からまつはさびしかりけり、
からまつとささやきにけり。

六

からまつの林《はやし》を出《い》でて、
浅間嶺《あさまね》にけぶり立《た》つ見《み》つ。
浅間嶺《あさまね》にけぶり立《た》つ見《み》つ。
からまつのまたそのうえに。

ゆえしらず…特別《とくべつ》な理由《りゆう》もなく。なんとはなしに。
浅間嶺《あさまね》…浅間山《あさまやま》(長野県《ながのけん》と群馬県《ぐんまけん》にまたがる標高《ひょうこう》2568メートルの活火山《かっかざん》)のこと。
けぶり立《た》つ見《み》つ…けむりが上《あ》がっているのを見《み》た。

七

からまつの林《はやし》の雨《あめ》は
さびしけどいよよしずけし。
かんこ鳥《どり》鳴《な》けるのみなる。
からまつの濡《ぬ》るるのみなる。

八

世《よ》の中《なか》よ、あわれなりけり。
常《つね》なけどうれしかりけり。
山川《やまかわ》に山《やま》がわの音《おと》、
からまつにからまつのかぜ。

いよよ…ますます。いよいよ。
かんこ鳥《どり》…カッコウの別名《べつめい》。
常《つね》なけど…常無《つねな》けど。変《か》わりやすく、無常《むじょう》であるが。

北原白秋《きたはらはくしゅう》

片恋《かたこい》

あかしやの金《きん》と赤《あか》とがちるぞえな。
かわたれの秋《あき》の光《ひかり》にちるぞえな。
片恋《かたこい》の薄着《うすぎ》のねるのわがうれい
「曳舟《ひきふね》」の水《みず》のほとりをゆくころを。
やわらかな君《きみ》が吐息《といき》のちるぞえな。
あかしやの金《きん》と赤《あか》とがちるぞえな。

あかしや…マメ科《か》のニセアカシア（ハリエンジュ）のこと。わが国《くに》ではこの木《き》のことをアカシアと呼《よ》ぶ。金《きん》は漢字表記《かんじひょうき》「金合歓《アカシア》」からの連想《れんそう》か。

かわたれ…かわたれどき（明《あ》け方《がた》や夕方《ゆうがた》の薄暗《うすぐら》いとき）のこと。

北原白秋《きたはらはくしゅう》

薔薇《バラ》二曲《ニキョク》

一

薔薇《バラ》ノ木《キ》ニ
薔薇《バラ》ノ花《ハナ》サク。

ナニゴトノ不思議《フシギ》ナケレド。

二

薔薇《バラ》ノ花《ハナ》。
ナニゴトノ不思議《フシギ》ナケレド。

薄着《うすぎ》のねる…ねるはフランネル（両面《りょうめん》を起毛《きもう》した柔《やわ》らかな織物《おりもの》）のこと。
「**曳舟《ひきふね》**」…東京都《とうきょうと》墨田区《すみだく》の地名《ちめい》の一《ひと》つ。

照《テ》リ極《キワ》マレバ木《キ》ヨリコボルル。
光《ヒカ》リコボルル。

石川啄木《いしかわたくぼく》

夏《なつ》の街《まち》の恐怖《きょうふ》

焼《や》けつくような夏《なつ》の日《ひ》の下《した》に
おびえてぎらつく軌条《レール》の心《こころ》。
母親《ははおや》の居睡《いねむ》りの膝《ひざ》から辷《すべ》り下《お》りて
肥《ふと》った三歳《みっつ》ばかりの男《おとこ》の児《こ》が
ちょこちょこと電車線路《でんしゃせんろ》へ歩《ある》いて行《ゆ》く。

石川啄木《いしかわたくぼく》　一八八六〜一九一二

八百屋《やおや》の店《みせ》には萎《な》えた野菜《やさい》。
病院《びょういん》の窓《まど》の窓掛《まどか》けは垂《た》れて動《うご》かず。
閉《と》ざされた幼稚園《ようちえん》の鉄《てつ》の門《もん》の下《した》には
耳《みみ》の長《なが》い白犬《しろいぬ》が寝《ね》そべり、
すべて、限《かぎ》りもない明《あか》るさの中《なか》に
どこともなく、芥子《けし》の花《はな》が死《し》に落《お》ち
生木《なまき》の棺《かん》に裂罅《ひび》の入《い》る夏《なつ》の空気《くうき》のなやましさ。

病身《びょうしん》の氷屋《こおりや》の女房《にょうぼう》が岡持《おかもち》を持《も》ち、
骨折《ほねお》れた蝙蝠傘《こうもりがさ》をさしかけて門《もん》を出《い》づれば、
横町《よこちょう》の下宿《げしゅく》から出《で》て進《すす》み来《く》る、
夏《なつ》の恐怖《きょうふ》に物《もの》も言《い》わぬ脚気患者《かっけかんじゃ》の葬《ほうむ》りの列《れつ》。
それを見《み》て辻《つじ》の巡査《じゅんさ》は出《で》かかった欠伸噛《あくびか》みしめ、
白犬《しろいぬ》は思《おも》うさまのびをして

岡持《おかもち》…料理《りょうり》などを運《はこ》ぶのに用《もち》いる、持《も》ち手《て》とふたのついた平《たい》らな桶《おけ》。
脚気《かっけ》…ビタミンB1《ビーワン》の不足《ふそく》により末梢神経《まっしょうしんけい》がおかされて、足《あし》がしびれたりむくんだりする栄養失調症《えいようしっちょうしょう》の一《ひと》つ。

塵溜《ごみた》めの蔭《かげ》に行《ゆ》く。

焼《や》けつくような夏《なつ》の日《ひ》の下《した》に、
おびえてぎらつく軌条《レール》の心《こころ》。
母親《ははおや》の居睡《いねむ》りの膝《ひざ》から辷《すべ》り下《お》りて
肥《ふと》った三歳《みつ》ばかりの男《おとこ》の児《こ》が
ちょこちょこと電車線路《でんしゃせんろ》へ歩《ある》いて行《ゆ》く。

石川啄木《いしかわたくぼく》

拳《こぶし》

おのれより富《と》める友《とも》に愍《あわ》れまれて、

或《ある》いはおのれより強《つよ》い友《とも》に嘲《あざけ》られて
くわっと怒《いか》って拳《こぶし》を振《ふ》り上《あ》げた時《とき》、
怒《いか》らない心《こころ》が、
罪人《ざいにん》のようにおとなしく、
その怒《いか》った心《こころ》の片隅《かたすみ》に
目《め》をパチパチして蹲《うずくま》っているのを見付《みつ》けた——
たよりなさ。

ああ、そのたよりなさ。

やり場《ば》にこまる拳《こぶし》をもて、
お前《まえ》は
誰《たれ》を打《う》つか。
友《とも》をか、おのれをか、

それとも又罪《またつみ》のない傍《かたわ》らの柱《はしら》をか

石川啄木《いしかわたくぼく》

ココアのひと匙《さじ》

われは知《し》る、テロリストの
かなしき心《こころ》を――
言葉《ことば》とおこないとを分《わ》かちがたき
ただひとつの心《こころ》を、
奪《うば》われたる言葉《ことば》のかわりに
おこないをもて語《かた》らんとする心《こころ》を、
われとわがからだを敵《てき》に擲《な》げつくる心《こころ》を――

テロリスト…1910年《ねん》、明治天皇暗殺《めいじてんのうあんさつ》を計画《けいかく》して逮捕《たいほ》された「大逆事件《たいぎゃくじけん》」の首謀者《しゅぼうしゃ》で、無政府主義者幸徳秋水《むせいふしゅぎしゃこうとくしゅうすい》のことと思《おも》われる。

しかして、そは真面目《まじめ》にして熱心《ねっしん》なる人《ひと》の常《つね》に有《も》つかなしみなり。

はてなき議論《ぎろん》の後《あと》の
冷《さ》めたるココアのひと匙《さじ》を啜《すす》りて、
そのうすにがき舌触《したざわ》りに、
われは知《し》る、テロリストの
かなしき、かなしき心《こころ》を。

石川啄木《いしかわたくぼく》
飛行機《ひこうき》

見《み》よ、今日《きょう》も、かの蒼空《あおぞら》に

飛行機《ひこうき》の高《たか》く飛《と》べるを。

給仕《きゅうじ》づとめの少年《しょうねん》が
たまに非番《ひばん》の日曜日《にちようび》、
肺病《はいびょう》やみの母親《ははおや》とたった二人《ふたり》の家《いえ》にいて、
ひとりせっせとリイダアの独学《どくがく》をする眼《め》の疲《つか》れ……

見《み》よ、今日《きょう》も、かの蒼空《あおぞら》に
飛行機《ひこうき》の高《たか》く飛《と》べるを。

給仕《きゅうじ》…役所《やくしょ》や会社《かいしゃ》などで雑用《ざつよう》をする人《ひと》。
リイダア…当時英語《とうじえいご》の学習書《がくしゅうしょ》として流布《るふ》していたナショナル・リイダアのこと。

萩原朔太郎《はぎわらさくたろう》

竹《たけ》

光《ひか》る地面《じめん》に竹《たけ》が生《は》え、
青竹《あおだけ》が生《は》え、
地下《ちか》には竹《たけ》の根《ね》が生《は》え、
根《ね》がしだいにほそらみ、
根《ね》の先《さき》より繊毛《せんもう》が生《は》え、
かすかにけぶる繊毛《せんもう》が生《は》え、
かすかにふるえ。

かたき地面《じめん》に竹《たけ》が生《は》え、
地上《ちじょう》にするどく竹《たけ》が生《は》え、
まっしぐらに竹《たけ》が生《は》え、

萩原朔太郎《はぎわらさくたろう》　一八八六〜一九四二

ほそらみ…細《ほそ》くなり。

凍《こお》れる節節《ふしぶし》りんりんと、
青空《あおぞら》のもとに竹《たけ》が生《は》え、
竹《たけ》、竹《たけ》、竹《たけ》が生《は》え。

萩原朔太郎《はぎわらさくたろう》

猫《ねこ》

まっくろけの猫《ねこ》が二疋《にひき》、
なやましいよるの家根《やね》のうえで、
ぴんとたてた尻尾《しっぽ》のさきから、
糸《いと》のようなみかづきがかすんでいる。
『おわあ、こんばんは』

『おわあ、こんばんは』
『おぎゃあ、おぎゃあ、おぎゃあ』
『おわああ、ここの家《いえ》の主人《しゅじん》は病気《びょうき》です』

萩原朔太郎《はぎわらさくたろう》

群集《ぐんしゅう》の中《なか》を求《もと》めて歩《ある》く

私《わたし》はいつも都会《とかい》をもとめる
都会《とかい》のにぎやかな群集《ぐんしゅう》の中《なか》に居《い》ることをもとめる
群集《ぐんしゅう》はおおきな感情《かんじょう》をもった浪《なみ》のようなものだ
どこへでも流《なが》れてゆくひとつのさかんな意志《いし》と愛欲《あいよく》とのぐるうぷだ
ああ　ものがなしき春《はる》のたそがれどき

都会《とかい》の入《い》り混《こ》みたる建築《けんちく》と建築《けんちく》との日影《ひかげ》をもとめ
おおきな群集《ぐんしゅう》の中《なか》にもまれてゆくのはどんなに楽《たの》しいことか
みよこの群集《ぐんしゅう》のながれてゆくありさまを
ひとつの浪《なみ》はひとつの浪《なみ》の上《うえ》にかさなり
浪《なみ》はかずかぎりなき日影《ひかげ》をつくり　日影《ひかげ》はゆるぎつつひろがりすすむ
人《ひと》のひとりひとりにもつ憂《うれ》いと悲《かな》しみと　みなそこの日影《ひかげ》に消《き》えてあとかたもない
ああ　なんというやすらかな心《こころ》で　私《わたし》はこの道《みち》をも歩《ある》いて行《い》くことか
ああ　このおおいなる愛《あい》と無心《むしん》のたのしき日影《ひかげ》
たのしき浪《なみ》のあなたにつれられて行《い》く心《こころ》もちは涙《なみだ》ぐましくなるようだ。
うらがなしい春《はる》の日《ひ》のたそがれどき
このひとびとの群《む》れは　建築《けんちく》と建築《けんちく》との軒《のき》をおよいで
どこへどうしてながれ行《い》こうとするのか
私《わたし》のかなしい憂鬱《ゆううつ》をつつんでいる　ひとつのおおきな地上《ちじょう》の日影《ひかげ》

ただよう無心《むしん》の浪《なみ》のながれ
ああ　どこまでも　どこまでも　この群集《ぐんしゅう》の浪《なみ》の中《なか》をもまれて行《い》きたい
浪《なみ》の行方《ゆくえ》は地平《ちへい》にけむる
ひとつの　ただひとつの「方角《ほうがく》」ばかりさしてながれ行《い》こうよ。

時計《とけい》

萩原朔太郎《はぎわらさくたろう》

古《ふる》いさびしい空家《あきや》の中《なか》で
椅子《いす》が茫然《ぼうぜん》として居《い》るではないか。
その上《うえ》に腰《こし》をかけて
編《あ》み物《もの》をしている娘《むすめ》もなく

暖炉《だんろ》に坐《すわ》る黒猫《くろねこ》の姿《すがた》も見《み》えない
白《しろ》いがらんどうの家中《いえじゅう》で
私《わたし》は物悲《ものがな》しい夢《ゆめ》を見《み》ながら
古風《こふう》な柱時計《はしらどけい》のほどけて行《い》く
錆《さ》びたぜんまいの響《ひび》きを聴《き》いた。
じぼ・あん・じゃん！　じぼ・あん・じゃん！

古《ふる》いさびしい空家《あきや》の中《なか》で
昔《むかし》の恋人《こいびと》の写真《しゃしん》を見《み》ていた。
どこにも思《おも》い出《だ》す記憶《きおく》がなく
洋燈《らんぷ》の黄色《きいろ》い光《ひかり》の影《かげ》で
かなしい情熱《じょうねつ》だけが漂《ただよ》っていた。
私《わたし》は椅子《いす》の上《うえ》にまどろみながら
遠《とお》い人気《ひとけ》のない廊下《ろうか》の向《む》こうを

がらんどう…広《ひろ》いところに何《なに》もないこと。あるいはだれもいないこと。がらんど。

幽霊《ゆうれい》のようにほごれてくる
柱時計《はしらどけい》の錆《さ》びついた響《ひび》きを聴《き》いた。
じぼ・あん・じゃん！　じぼ・あん・じゃん！

萩原朔太郎《はぎわらさくたろう》
旅上《りょじょう》

ふらんすへ行《い》きたしと思《おも》えども
ふらんすはあまりに遠《とお》し
せめては新《あたら》しき背広《せびろ》をきて
きままなる旅《たび》にいでてみん。
汽車《きしゃ》が山道《やまみち》をゆくとき

ほごれてくる…「ほぐれてくる」に同《おな》じ。もつれがとれる。

みずいろの窓《まど》によりかかりて
われひとりうれしきことをおもわん
五月《ごがつ》の朝《あさ》のしののめ
うら若草《わかくさ》のもえいづる心《こころ》まかせに。

静物《せいぶつ》

萩原朔太郎《はぎわらさくたろう》

静物《せいぶつ》のこころは怒《いか》り
そのうわべは哀《かな》しむ
この器物《うつわ》の白《しろ》き瞳《め》にうつる
窓《まど》ぎわのみどりはつめたし。

しののめ…夜《よ》明《あ》け方《がた》。あけぼの。
うわべ…ものの外観《がいかん》。表面《ひょうめん》。

月光《げっこう》と海月《くらげ》

萩原朔太郎《はぎわらさくたろう》

月光《げっこう》の中《なか》を泳《およ》ぎいで
むらがるくらげを捉《とら》えんとす
手《て》はからだをはなれてのびゆき
しきりに遠《とお》きにさしのべらる
もぐさにまつわり
月光《げっこう》の水《みず》にひたりて
わが身《み》は玻璃《はり》のたぐいとなりはてしか
つめたくして透《す》きとおるもの流《なが》れてやまざるに
たましいは凍《こご》えんとし
ふかみにしずみ
溺《おぼ》るるごとくなりて祈《いの》りあぐ。

もぐさ…藻《も》（水草《みずくさ》や海藻《かいそう》）のこと。
祈《いの》りあぐ…祈《いの》りあげる。お祈《いの》りをする。

かしこにここにむらがり
さ青《あお》にふるえつつ
くらげは月光《げっこう》の中《なか》を泳《およ》ぎいづ。

萩原朔太郎《はぎわらさくたろう》

遺伝《いでん》

人家《じんか》は地面《じめん》にへたばって
おおきな蜘蛛《くも》のように眠《ねむ》っている。
さびしいまっ暗《くら》な自然《しぜん》の中《なか》で
動物《どうぶつ》は恐《おそ》れにふるえ

かしこ…少《すこ》しはなれたところ。あそこ。
さ青《あお》…あおの意《い》。「さ」は接頭語《せっとうご》（常《つね》にほかの語《ご》の前《まえ》について用《もち》いられる）。

なにかの悪夢《あくむ》におびやかされ
かなしく青《あお》ざめて吠《ほ》えています。
　のをあある　とをあある　やわあ

もろこしの葉《は》は風《かぜ》に吹《ふ》かれて
さわさわと闇《やみ》に鳴《な》ってる。
お聴《き》き！　しずかにして
道路《どうろ》の向《む》こうで吠《ほ》えている
あれは犬《いぬ》の遠吠《とおぼえ》だよ。
　のをあある　とをあある　やわあ

「犬《いぬ》は病《や》んでいるの？　お母《かあ》さん」
「いいえ子供《こども》
犬《いぬ》は飢《う》えているのです」

もろこし…ここでは、とうもろこしのこと。

遠《とお》くの空《そら》の微光《びこう》の方《ほう》から
ふるえる物象《ぶっしょう》のかげの方《ほう》から
犬《いぬ》はかれらの敵《てき》を眺《なが》めた
遺伝《いでん》の　本能《ほんのう》の　ふるいふるい記憶《きおく》のはてに
あわれな先祖《せんぞ》のすがたをかんじた。

犬《いぬ》のこころは恐《おそ》れに青《あお》ざめ
夜陰《やいん》の道路《どうろ》にながく吠《ほ》える。
　のをあある　とをあある　やわあある　やわあぁ

「犬《いぬ》は病《や》んでいるの？　お母《かあ》さん」
「いいえ子供《こども》
犬《いぬ》は飢《う》えているのですよ」

読書がたのしくなる ニッポンの文学 詩

PLUS プラス

こころをゆさぶる言葉たちよ。

── を、もっともっとオモシロク読むために ──

島崎藤村《しまざきとうそん》（一八七二―一九四三）

小説家、詩人。長野県生まれ。明治学院普通部本科卒業。主な詩集に『若菜集《わかなしゅう》』、小説に『破戒《はかい》』『夜明《よあ》け前《まえ》』など。七五調の定型詩による『若菜集』を発表して文壇《ぶんだん》に登場し、近代詩の幕開《まくあ》けを告げた。ほかに『一葉舟《ひとはぶね》』『夏草《なつくさ》』『落梅集《らくばいしゅう》』がある。藤村《とうそん》の詩のいくつかは、歌としても親しまれている。これら四冊《さつ》の詩集を出した後、詩作から小説へ転換《てんかん》する。

与謝野晶子《よさのあきこ》（一八七八―一九四二）

歌人。堺県《さかい》（現在の大阪府南西部）生まれ。堺女学校卒業。「明星《みょうじょう》」に短歌を発表。主な歌集に、『みだれ髪《がみ》』など。日露戦争《にちろせんそう》が始まった一九〇四年九月、雑誌《ざっし》「明星」に発表された新体詩「君死にたもうことなかれ」は、当時の社会に大きな波紋《はもん》を起こした。大正時代以降《いこう》、「詩は実感の彫刻《ちょうこく》」とし、自分の思いを率直《そっちょく》に述《の》べた口語自由詩を多く作った。

高村光太郎《たかむらこうたろう》（一八八三―一九五六）

詩人、彫刻家《ちょうこくか》。東京生まれ。父は彫刻家の高村光雲《たかむらこううん》。東京美術学校卒業。主な詩集に『道程《どうてい》』『智恵子抄《ちえこしょう》』など。在学中《ざいがくちゅう》より「明星《みょうじょう》」に短歌を投稿《とうこう》。欧米《おうべい》に留学《りゅうがく》し、帰国後は詩、翻訳《ほんやく》、評論《ひょうろん》を発表。一九一四年、第一詩集『道程』を刊行《かんこう》し、同年、長沼智恵子《ながぬまちえこ》と結婚《けっこん》。智恵子は一九二九年ごろから心の病に苦しみ、一九三八年死去。その三年後に『知恵子抄』を出版《しゅっぱん》。

山村暮鳥《やまむらぼちょう》（一八八四―一九二四）

詩人。群馬県生まれ。聖三一神学校卒業。キリスト教伝道師《でんどうし》として各地を回る。主な詩集に『聖三稜玻璃《せいさんりょうはり》』など。萩原朔太郎《はぎわらさくたろう》、室生犀星《むろうさいせい》らと人魚詩社《にんぎょししゃ》を設立《せつりつ》し、一九一五年、同《どう》人誌《じんし》「卓上噴水《たくじょうふんすい》」を創刊《そうかん》した。一九一八年に、詩集『風《かぜ》は草木《くさき》にささやいた』を出版《しゅっぱん》。作品には童謡《どうよう》を思わせるような、平易《へいい》で優《やさ》しいことばで書かれているものが多い。

竹久夢二《たけひさゆめじ》（一八八四―一九三四）

画家、詩人。岡山県生まれ。早稲田実業学校に学ぶ。抒情性豊《じょじょうせいゆた》かな絵や詩で、「大正《たいしょう》ロマン」の象徴的存在《しょうちょうてきそんざい》といわれる。目の大きい、もの悲しげな表情《ひょうじょう》の女性像《じょせいぞう》は「夢二式美人《ゆめじしきびじん》」と呼《よ》ばれる。平易《へいい》な言葉を用いた詩は、雑誌《ざっし》に添《そ》えた詩画集のかたちで、夢二自身の絵とともに鑑賞《かんしょう》される場合も多かった。一九一八年には『宵待草《よいまちぐさ》』に曲がつけられ、多くの人に愛唱された。

北原白秋《きたはらはくしゅう》（一八八五―一九四二）

詩人。福岡県生まれ。早稲田大学英文科に学ぶ。詩、短歌、童《どう》謡《よう》など、幅広《はばひろ》い分野で活躍。主な詩集に『邪宗門《じゃしゅうもん》』など。切支丹《キリシタン》や南方文化が早くから流《なが》れ込《こ》んでいた、異国情緒豊《いこくじょうちょゆた》かな水郷《すいごう》の町、福岡県・柳川《やながわ》で、少年期を過《す》ごす。死ぬまで盛《さか》んな創作《そうさく》活動を続け、千編《せんぺん》に上る童謡は、山田耕筰《やまだこうさく》らの作曲により全国に広がった。

石川啄木《いしかわたくぼく》（一八八六―一九一二）

詩人、歌人。岩手県生まれ。盛岡中学に学ぶ。代用教員をしながら、小説『雲《くも》は天才《てんさい》である』を執筆。主な歌集に『一握《いちあく》の砂《すな》』など。一九〇二年、中学退学《たいがく》後、文学で身を立てる決心をして上京。与謝野鉄幹《よさのてっかん》・晶子《あきこ》に会うが、翌年《よくとし》初め病気と貧困《ひんこん》のため帰郷《ききょう》。その年、「明星《みょうじょう》」に、「啄木《たくぼく》」の筆名で詩が載《の》り有名になるが、その後も生活は厳《きび》しい。ほかに、詩集『あこがれ』『呼子《よびこ》と口笛《くちぶえ》』がある。

萩原朔太郎《はぎわらさくたろう》（一八八六―一九四二）

詩人。群馬県生まれ。第五高等学校等に学ぶ。室生犀星《むろうさいせい》と親交を結ぶ。主な詩集に『月《つき》に吠《ほ》える』『青猫《あおねこ》』など。生家は医院。山村暮鳥《やまむらぼちょう》と同郷《どうきょう》。犀星、暮鳥らと人魚詩社《にんぎょししゃ》を興《おこ》す。学校は性《しょう》に合わなかったのか、何度も落第・中退《ちゅうたい》を繰《く》り返《かえ》す。マンドリンやギターには熱中。「詩は音楽と同じもの」という言葉とともに、口語自由詩の新しい時代を切り開く。

室生犀星《むろうさいせい》（一八八九―一九六二）

詩人、小説家。石川県生まれ。主な詩集に『愛《あい》の詩集《ししゅう》』『抒情《じょじょう》小曲集《しょうきょくしゅう》』、小説に『あにいもうと』『杏《あん》っ子《こ》』など。生まれてすぐに養子に出されたことは、犀星《さいせい》の文学にも深い影《えい》響《きょう》を与《あた》えた。文学に目覚めさせた北原白秋《きたはらはくしゅう》を師《し》と仰《あお》ぎ、白秋が主宰《しゅさい》する『朱欒《ザンボア》』で、萩原朔太郎《はぎわらさくたろう》と出会い友情《ゆうじょう》を培《つちか》う。第一詩集『愛の詩集』は、その朔太郎の援助《えんじょ》を受けての出版《しゅっぱん》となった。

百田宗治《ももたそうじ》（一八九三―一九五五）

詩人。大阪生まれ。個人誌《こじんし》「表現《ひょうげん》」を刊行し、自由詩を発表。童謡《どうよう》『どこかで春《はる》が』（草川信作曲《くさかわしんさっきょく》）で知られる。一九一一年ごろより詩を書き始める。一九一八年に創刊《そうかん》された「民衆《みんしゅう》」を契機《けいき》として、民衆詩派《みんしゅうしは》の一員に数えられるようになる。

その後、俳句的《はいくてき》な味わいのある詩風へ変化し、一九三二年ごろより児童詩・綴《つづ》り方《かた》教育に携《たずさ》わるようになる。

宮沢賢治《みやざわけんじ》（一八九六―一九三三）

児童文学作家、詩人。岩手県生まれ。盛岡高等農林学校卒業。童話作品のほか、多数の詩を書いた。一九二一年、妹トシの病気の再発《さいはつ》で帰郷《ききょう》し、花巻農業高等学校の教師《きょうし》となる。一九二六年、羅須地人協会《らすちじんきょうかい》を作り、農民のための活動を始める。死後、草野心平《くさのしんぺい》や弟の宮沢清六《みやざわせいろく》らの尽力《じんりょく》で多くの人に知られる存在《そんざい》となり、多数の名作が世に問われた。

八木重吉《やぎじゅうきち》（一八九八―一九二七）

詩人。東京生まれ。東京高等師範学校卒業。没後《ぼつご》、二千余編《よへん》の未発表原稿《げんこう》（「重吉詩稿《じゅうきちしこう》」と呼《よ》ばれる）が紹介《しょうかい》された。東京府堺村《さかいむら》（現在《げんざい》の東京都町田市）の裕福《ゆうふく》な農家の次男として生まれ、教師《きょうし》となる。このころから短歌や詩を作り始める。一九二五年八月、山村暮鳥《やまむらぼちょう》の「雲《くも》」を読み、八月には、生涯《しょうがい》に一冊《さつ》だけの詩集『秋《あき》の瞳《ひとみ》』を刊行《かんこう》。詩人、草野心平《くさのしんぺい》との交友もあった。

小熊秀雄《おぐまひでお》（一九〇一―一九四〇）

詩人。北海道生まれ。主な詩集に『流民詩集《るみんししゅう》』など。ＳＦまんが『火星探検《かせいたんけん》』（大城《おおしろ》のぼる作・画）の原作者でもある。一九二二年、旭川新聞《あさひかわしんぶん》社会部記者となり、その後文芸欄《ぶんげいらん》を担当《たんとう》し、詩を発表。弾圧《だんあつ》の激《はげ》しい時代にあっても、抵抗《ていこう》の姿勢《しせい》を示《しめ》した。そのため、当局の検閲《けんえつ》が厳《きび》しく、詩集の刊行《かんこう》は没後《ぼつご》の一九四七年となった。

中原中也《なかはらちゅうや》（一九〇七―一九三七）

詩人。山口県生まれ。東京外国語学校専修科卒業。フランスの詩人ランボーに傾倒《けいとう》。主な詩集に『山羊《やぎ》の歌《うた》』など。十四歳《さい》のころから短歌を詠《よ》み始め、早熟《そうじゅく》の才能《さいのう》を示《しめ》す。だが、学業は怠《おこた》り、山口中学を落第して京都の立命館《りつめいかん》中学に転校する。没後刊行《ぼつごかんこう》の第二詩集『在《あ》りし日《ひ》の歌《うた》』のほか、ランボーの訳詩《やくし》集《しゅう》『ランボオ詩集《ししゅう》』がある。

草野天平《くさのてんぺい》（一九一〇―一九五二）

詩人。東京生まれ。平安中学に学ぶ。主な詩集に『定本草野天《ていほんくさのてん》平《ぺい》詩集《ししゅう》』。兄の心平《しんぺい》も、詩人として活躍《かつやく》。京都平安中学を一年で中退《ちゅうたい》し、職《しょく》を転々とする。詩人としては三十二歳《さい》という遅《おそ》い出発であったが、一九四七年に詩集『ひとつの道《みち》』を出版する。死後発表された『定本草野天平詩集《ていほんくさのてんぺいししゅう》』によって、第二回高村光太郎賞《たかむらこうたろうしょう》を受賞した。

新美南吉《にいみなんきち》（一九一三―一九四三）

児童文学作家、詩人。愛知県生まれ。東京外国語学校英語部文科卒業。童話作品のほか、詩や童謡《どうよう》を書いた。中学在学中《ざいがくちゅう》から、童謡や詩、童話や小説を書き始め、一九三一年一月に「赤《あか》い鳥《とり》」が復刊《ふっかん》されると、積極的に投稿《とうこう》し始め、いちはやく作家で詩人の北原白秋《きたはらはくしゅう》から認《みと》められる。

立原道造《たちはらみちぞう》（一九一四―一九三九）

詩人。東京生まれ。東京帝国大学建築学科卒業。堀辰雄《ほりたつお》と親交を結ぶ。主な詩集に『萱草《わすれぐさ》に寄《よ》す』など。

十三歳《さい》ごろから短歌を作り始め、自選集「水晶簾《すいしょうれん》」を出す。帝大入学後、ソネット（十四行詩）形式による創作《そうさく》に没頭《ぼっとう》し、夏には堀辰雄《ほりたつお》と室生犀星《むろうさいせい》がいる軽井沢《かるいざわ》で、休暇《きゅうか》を過《す》ごすようになる。一九三九年、死のまぎわの床《とこ》で、第一回中原中也賞《なかはらちゅうやしょう》を受賞。

竹《たけ》内《うち》浩《こう》三《ぞう》（一九二一—一九四五）

三重県に生まれる。一九四二年九月、日本大学映画科を勅令戦時措置《ちょくれいせんじそち》により繰《く》り上《あ》げ卒業。三重県中部第三十八部隊に入営《にゅうえい》、のち、茨城県東部第一一六部隊に転属《てんぞく》。軍隊生活を『筑波日記《つくばにっき》』に克明《こくめい》に記す。一九四五年、フィリピン戦線にて戦死。

詩を書き、戯曲《ぎきょく》を書き、漫画《まんが》や小説を書いた浩三《こうぞう》は、中学時代に手作り回覧雑誌《かいらんざっし》「まんがのよろずや」を刊行《かんこう》、大学時代は映《えい》画監督《がかんとく》を目指す。軍隊という非人間的《ひにんげんてき》な場にあっても、「戦争」との孤独《こどく》な闘《たたか》いの記録を、自分の「言葉」で綴《つづ》り続《つづ》けた。

大関《おおぜき》松《まつ》三郎《さぶろう》（一九二六—一九四四）

新潟県に生まれる。新潟鉄道教習所に学び、機関助手をつとめたのち、山口県防府海軍通信学校卒業。一九四四年、マニラ通信隊に船で赴任《ふにん》の途中、魚雷攻撃《ぎょらいこうげき》を受け、戦死。十八歳《さい》だった。一九五一年、作者を指導《しどう》した寒川道夫《さがわみちお》の編《へん》により、詩集『山芋《やまいも》』が出版《しゅっぱん》される。

小学校の高等科在学《ざいがく》時代までの作品を集めた『山芋《やまいも》』は、農民の生活意識《いしき》、土の感覚など、鋭敏《えいびん》な感性《かんせい》を通じて人間性豊《にんげんせいゆた》かな作品となっている。「書くこと」を通して自分の「言葉」で表《ひょう》現《げん》する、生活綴《つづ》り方《かた》教育が大きな反響《はんきょう》を呼《よ》んだ。

（執筆／元 東京都公立中学校国語科教諭 **小寺美和**）

読書フリークの
先輩《せんぱい》たちからの
メッセージ

詩の中の私《わたくし》と私の中の詩

萩《はぎ》原《わら》昌《まさ》好《よし》
（十文字学園女子大学名誉教授《めいよきょうじゅ》・埼玉大学名誉教授）

目下、私《わたし》は詩に解説《かいせつ》をつけた、詩人シリーズ（『日本語《にほんご》を味《あじ》わう名詩入《めいしにゅう》門《もん》』・あすなろ書房《しょぼう》）を出している。さまざまな詩人の風貌《ふうぼう》と作品を見るにつけ、「この詩は、この詩人が書いたものだったのか」といった素朴《そぼく》な驚《おどろ》きや、新たな発見があって、詩とは何て奥行《おくゆ》きが深いのだろうと、改めて詩との対話を楽しんでいる。

初めて詩に出会ったのは、たぶん小学校の唱歌や教科書からだが、それは本当の出会いではない。自ら進んで詩に触《ふ》れたのはいつだったろう。記憶《きおく》では、中学校の図書室で、萩原朔太郎《はぎわらさくたろう》の作品との出会いが強烈《きょうれつ》に残っている。本を手に取った動機は単純《たんじゅん》で、自分と同姓《どうせい》の詩人だったから。けれど、その作品を読んだとき、一種異様《いよう》な感覚に、心が不安感と恐怖《きょうふ》感《かん》めいたものに支配《しはい》されて、一晩中眠《ひとばんじゅうねむ》れなかった。当時の理解度《りかいど》はたいしたことはないのに、そう感じたのである。でも、こうした感覚が大切なのだろうと改めて思っている。そのうち立原道造《たちはらみちぞう》に夢中《むちゅう》になり、八木《やぎ》重吉《じゅうきち》にさわやかな透明感《とうめいかん》をうけ、山村暮鳥《やまむらぼちょう》の人道的な作品に精神《せいしん》の安定を得た。

だからどうなの？ と聞かれても答えられない。私の心の問題だからである。詩は、読み手にだけ、何かかけがえのないものを与えてくれるのだ。

室生犀星《むろうさいせい》
小景異情《しょうけいいじょう》

その一

白魚《しらうお》はさびしや
そのくろき瞳《ひとみ》はなんという
なんというしおらしさぞよ
そとにひる餉《げ》をしたたむる
わがよそよそしさと
かなしさと
ききともなやな雀《すずめ》しば啼《な》けり

その二

ふるさとは遠《とお》きにありて思《おも》うもの

室生犀星《むろうさいせい》　一八八九〜一九六二

ひる餉《げ》…昼食《ちゅうしょく》。
したたむる…食事《しょくじ》をすること。
ききともなやな…ききたくもないのに。

そして悲《かな》しくうたうもの
よしや
うらぶれて異土《いど》の乞食《かたい》となるとても
帰《かえ》るところにあるまじや
ひとり都《みやこ》のゆうぐれに
ふるさとおもい涙《なみだ》ぐむ
そのこころもて
遠《とお》きみやこにかえらばや
遠《とお》きみやこにかえらばや

その三

銀《ぎん》の時計《とけい》をうしなえる
こころかなしや
ちょろちょろ川《かわ》の橋《はし》の上《うえ》

よしや…たとえ。かりに。
異土《いど》…故郷《こきょう》から遠《とお》く離《はな》れた土地《とち》。異郷《いきょう》。
あるまじや…ないだろう。

橋《はし》にもたれて泣《な》いており

その四

わが霊《れい》のなかより
緑《みどり》もえいで
なにごとしなけれど
懺悔《ざんげ》の涙《なみだ》せきあぐる
しずかに土《つち》を掘《ほ》りいでて
ざんげの涙《なみだ》せきあぐる

その五

なににこがれて書《か》くうたぞ
一時《いちじ》にひらくうめすもも
すもものの蒼《あお》さ身《み》にあびて

かえらばや…帰《かえ》ろうではないか。
懺悔《ざんげ》…自分《じぶん》のおかした罪悪《ざいあく》に気《き》づき、悔《く》い改《あらた》めることを誓《ちか》うこと。
せきあぐる…むせかえる。

田舎暮《いなかぐ》らしのやすらかさ
きょうも母《はは》じゃに叱《しか》られて
すものしたに身《み》をよせぬ

その六

あんずよ
花着《はなつ》け
地《ち》ぞ早《は》やに輝《かがや》け
あんずよ花着《はなつ》け
あんずよ燃《も》えよ
ああ　あんずよ花着《はなつ》け

室生犀星《むろうさいせい》
駱駝《らくだ》

うすき日《ひ》かげに
駱駝《らくだ》つながれ居《い》る。
老《お》いたる人《ひと》のごとく
もぐもぐと終日《ひねもす》もの食《は》みている。
天幕《てんまく》は雪空《ゆきぞら》のごとく
灰《はい》ばみ悲《かな》しげに吊《つ》られ
駱駝《らくだ》もの言《い》わず
ひねもす口《くち》を動《うご》かして居《い》る。

終日《ひねもす》…朝《あさ》から夕方《ゆうがた》まで。一日中《いちにちじゅう》。
天幕《しんまく》…天井《しんしょう》にはられた幕《まく》。テント。

寂《さび》しき春《はる》

室生犀星《むろうさいせい》

したたり止《や》まぬ日《ひ》のひかり
うつうつまわる水《みず》ぐるま
あおぞらに
越後《えちご》の山《やま》も見《み》ゆるぞ
さびしいぞ

一日《いちにち》もの言《い》わず
野《の》にいでてあゆめば
菜種《なたね》のはなは波《なみ》をつくりて
いまははや
しんにさびしいぞ

いまははや…今《いま》はもう。

はる

室生犀星《むろうさいせい》

おれがいつも詩《し》を書《か》いていると
永遠《えいえん》がやって来《き》て
ひたいに何《なに》か知《し》らすって行《い》く
手《て》をやって見《み》るけれど
すこしのあとも残《のこ》さない素早《すばや》い奴《やつ》だ
おれはいつもそいつを見《み》ようとして
あせっては手《て》を焼《や》いている
時《とき》がだんだん進《すす》んで行《い》く
おれの心《こころ》にしみを遺《のこ》して
おれのひたいを何時《いつ》もひりひりさせて行《い》く
けれどもおれは詩《し》をやめない

おれはやはり街《まち》から街《まち》をあるいたり
深《ふか》い泥濘《でいねい》にはまったりしている

室生犀星《むろうさいせい》

朱《あけ》の小箱《こばこ》

君《きみ》がかわゆげなる卓《つくえ》のうえに
いろも朱《あけ》なる小箱《こばこ》には
なにをひめたまえるものなりや
われきみが窓《まど》べをすぎんとするとき
小箱《こばこ》まず目《め》にうつり
こころおどりてやまず。

泥濘《でいねい》…ぬかるみ。

われきみが窓《まど》べをすぎんとするとき…私《わたくし》があなたの部屋《へや》の窓《まど》のそばを行《い》きすぎようとするとき。

郵 便 は が き

恐れ入りますが、
50円切手を
お貼りください。

108-8617

東京都港区高輪4-10-18
京急第1ビル 13F
（株）くもん出版
お客さま係 行

フリガナ	
お 名 前	
ご 住 所	〒□□□-□□□□ 都 道　　区 府 県　　市 　　　　　郡
ご連絡先	TEL （ ）
Eメール	@

38172 「詩　こころをゆさぶる言葉たちよ。」

お子さまの生年月・性別		生年（西暦下2ケタ）・月	性別
	お読みになるお子さま	年　　月	男 ／ 女
	ごきょうだい	年　　月	男 ／ 女

この本についてのご意見、ご感想をお聞かせください。

Q1 内容面では、いかがでしたか？

1. 期待以上　2. 期待どおり　3. どちらともいえない
4. 期待はずれ　5. まったく期待はずれ

Q2 それでは、価格的にみて、いかがでしたか？

1. 十分見合っている　2. 見合っている　3. どちらともいえない
4. 見合っていない　5. まったく見合っていない

Q3 この本のことは、何で知りましたか？

1. 広告を見て　2. 書評・紹介記事で　3. 人からすすめられて
4. 書店で見て　5. 学校の図書館で見て　6. その他（　　　　　）

Q4 これから、どんな作家の本、どんな内容の本を読みたいですか？

ご協力、どうもありがとうございました。

『お客さまアンケート』ご協力のお願い

この度は、くもんの商品をお買い上げいただき、誠にありがとうございます。
わたしたちは、出版物や教育関連商品を通じて子どもたちの未来に貢献できるよう、日々商品開発を行なっております。
今後の商品開発や改訂の参考とさせていただきますので、本商品につきまして、お客さまの率直なご意見・ご感想をお聞かせください。

裏面のアンケートにご協力いただきますと、
「全国共通図書カード（1,000円分）」を
抽選で毎月100名様に、プレゼントいたします。
※『全国共通図書カード』の抽選結果は、賞品の発送をもってかえさせていただきます。

『お客さまアンケート』個人情報保護について

『お客さまアンケート』にご記入いただいたお客さまの個人情報は、以下の目的にのみ使用し、他の目的には一切使用いたしません。
①弊社内での商品企画の参考にさせていただくため
②当選者の方へ「全国共通図書カード」をお届けするため
なお、お客さまの個人情報の訂正・削除につきましては、下記の窓口までお申し付けください。

もん出版お客さま係
京都港区高輪4-10-18
120-373-415（受付時間 月～金 9：30～17：30　祝日除く）
nail info@kumonshuppan.com

そは、やわらかきりぼんのたぐいか
もしくば
うらわかき娘《むすめ》ごころをのべたもう
やさしかるうたのたぐいか

室生犀星《むろうさいせい》

夏《なつ》の国《くに》

夏《なつ》は真《ま》っ蒼《さお》だ
まだ見《み》もしらぬ国国《くにぐに》の
夏《なつ》はしんから真《ま》っ蒼《さお》だ
わが生《う》まれ

もしくば…「もしくは」に同《おな》じ。あるいは。
やさしかるうた…心《こころ》やさしい詩歌《しいか》。

わが育《そだ》てられたるの国《くに》
加賀《かが》のくに金沢《かなざわ》の市街《まち》
ゆうゆうと流《なが》るる犀《さい》の川《かわ》
川《かわ》なみなみに充《み》ち
するどく魚《さかな》ははしる
ああ　その岸辺《きしべ》に
おみなごの友《とも》もいる
きょう東京《とうきょう》は雨《あめ》
いちにち坐《ざ》してこいしさに
みどりの国《くに》のこいしさに

おみなご…女《おんな》の子《こ》。若《わか》い女性《じょせい》のこと。

靴下《くつした》

室生犀星《むろうさいせい》

毛糸《けいと》にて編《あ》める靴下《くつした》をもはかせ
好《この》めるおもちゃをも入《い》れ
あみがさ、わらじのたぐいをもおさめ
石《いし》をもてひつぎを打《う》ち
かくて野《の》に出《い》でゆかしめぬ。

おのれ父《ちち》たるゆえに
野辺《のべ》の送《おく》りをすべきものにあらずと
われひとり留《とど》まり
庭《にわ》などをながめあるほどに
耐《た》えがたくなり

おのれ父《ちち》たるゆえに…自分《じぶん》が父親《ちちおや》だから。
野辺《のべ》の送《おく》り…死者《ししゃ》を火葬場《かそうば》や埋葬地《まいそうち》まで見送《みおく》ること。とむらい。

煙草《たばこ》を噛《か》みしめて泣《な》きけり。

百田宗治《ももたそうじ》

遠《とお》いところで子供達《こどもたち》が歌《うた》っている

百田宗治《ももたそうじ》　一八九三〜一九五五

遠《とお》いところで子供達《こどもたち》が歌《うた》っている、
道路《どうろ》を越《こ》して　野《の》の向《む》こうに
その声《こえ》は金属《きんぞく》か何《なに》かの先端《せんたん》が触《ふ》れ合《あ》っているようだ。
一団《いちだん》になって子供達《こどもたち》が騒《さわ》いでいるのだ、
戦《いく》さごっこか何《なに》かをしているのだ、
追《お》ったり、追《お》われたり

組《く》んだりほぐれたりして
青《あお》い草《くさ》の上《うえ》でふざけ合《あ》っているのだ。

おお晴《は》れわたった空《そら》に呼応《こおう》して、
子供達《こどもたち》の声《こえ》が私《わたし》の窓《まど》にきこえてくる、
遠《とお》い世界《せかい》のもののようにひびいてくる、
私《わたし》の魂《たましい》はそれに相応《あいおう》ずる、
そのひびきの一《ひと》つ一《ひと》つをきく、
はるかに支持《しじ》し合《あ》い
保《たも》ち合《あ》う人生《じんせい》がきこえる、
おお私《わたし》はその声《こえ》をきいている。

雨《あめ》

百田宗治《ももたそうじ》

雨《あめ》の糸《いと》、雨《あめ》の糸《いと》、
お前《まえ》のそのもつれから、
そのひかりの煌《きら》めきの間《あいだ》から、
私《わたし》は雨《あめ》にぬれた故郷《こきょう》の街《まち》を見《み》る。

雨《あめ》の糸《いと》、雨《あめ》の糸《いと》、
お前《まえ》のその悲《かな》しい諧調《かいちょう》のなかから
あたらしい涙《なみだ》は
にじみ初《はじ》める。

海《うみ》へ、遠《とお》い湖《みずうみ》のおもてへ、

諧調《かいちょう》…よく調和《ちょうわ》のとれた調子《ちょうし》。

急行列車《きゅうこうれっしゃ》の屋根《やね》の上《うえ》へ、
雨《あめ》の糸《いと》、雨《あめ》の糸《いと》、
お前《まえ》は回想《かいそう》の涙《なみだ》をまじえて
降《ふ》って行《い》く。——

百田宗治《ももたそうじ》
深夜《しんや》の機関車《きかんしゃ》

深夜《しんや》と云《い》うものは、多《おお》くの響《ひび》きが不思議《ふしぎ》
な物音《ものおと》を持《も》っているものだ——ヘッベル

静《しず》かな晩《ばん》だ、
寝《ね》しずまった下界《げかい》を見《み》おろして、

ヘッベル…1813－1863。ドイツの詩人《しじん》・劇作家《げきさっか》。『ユディット』『マリア・マグダレーネ』など。

星《ほし》と星《ほし》の囁《ささや》き合《あ》っているのまでが聞《き》こえそうな晩《ばん》だ、
私《わたし》はふと自分《じぶん》の家《いえ》の近《ちか》くを
すばらしく大《おお》きい機関車《きかんしゃ》か何《なに》かの運転《うんてん》をつづけている物音《ものおと》を聞《き》いた、
周囲《しゅうい》の空想《くうそう》のなかに
車輪《しゃりん》の軋《きし》みが稲妻《いなずま》のようにきらめき、
続《つづ》いてごとんごとんと機関《きかん》の働《はたら》く音《おと》が聞《き》こえる、
大《おお》きい城《しろ》のようなものが動《うご》き出《だ》したようで
深《ふか》い地《じ》ひびきが何処《どこ》からともなしに伝《つた》わって来《く》る。

呼《よ》び交《か》う火夫《かふ》の声《こえ》
煙突《えんとつ》からは雲《くも》のような煙《けむり》が出《で》て
空一杯《そらいっぱい》に月《つき》も星《ほし》も隠《かく》して仕舞《しま》うように思《おも》われる、
その音《おと》は高《たか》い空《そら》の方《ほう》から来《く》るようでもあり、
またすぐ家《いえ》の近《ちか》くを地《じ》ひびき立《た》てて通《とお》りすぎて行《い》くようにも思《おも》える、

火夫《かふ》…火《ひ》をたく人《ひと》。かまたき。

おそらく影《かげ》のような幾《いく》つもの車輌《しゃりょう》が
後《あと》から後《あと》へと無数《むすう》に続《つづ》いているのだろう、
走馬灯《そうまとう》のような大《おお》きいシルウェットが
町《まち》じゅう一杯《いっぱい》に落《お》ちかかっているような気《き》さえする。

その一《ひと》つ一《ひと》つの車輌《しゃりょう》には
多勢《おおぜい》の兵士《へいし》が死《し》んだもののように積《つ》み込《こ》まれて、
各々《おのおの》背嚢《はいのう》によりかかったり、
互《たが》いに抱《だ》き合《あ》ったりしながら
ひそかに遠《とお》い戦場《せんじょう》にでも運《はこ》ばれて行《い》くのではないかと思《おも》われる、
黒《くろ》い大《おお》きい影《かげ》が
いくつもいくつも折《お》り重《かさ》なって、
積《つ》み上《あ》げられた袋《ふくろ》か何《なに》かのように、音《おと》もせずに通《とお》り過《す》ぎて行《い》くようだ。

走馬灯《そうまとう》…影絵《かげえ》が回転《かいてん》しながら映《うつ》る灯籠《とうろう》。回《まわ》り灯籠《どうろう》。
背嚢《はいのう》…毛皮《けがわ》や厚手《あつで》の布地《ぬのじ》で作《つく》った背《せ》に負《お》うかばん。

機関《きかん》の音《おと》は遠《とお》ざかって行《い》くようだが
ごとんごとんと車輛《しゃりょう》の滑《すべ》って行《い》くらしい物音《ものおと》が
いつまでも耳《みみ》に入《はい》って来《く》る、
それは未《ま》だまだ無数《むすう》に続《つづ》いているようで、
遠《とお》い天《てん》の一方《いっぽう》からでも下《お》りて来《く》るのではないかと思《おも》われる、
じっと耳《みみ》を澄《す》ましていると、
その黒《くろ》い、幾《いく》つもの車輛《しゃりょう》が、
次《つぎ》から次《つぎ》へと眼《め》の前《まえ》に見《み》えて来《く》る、
揺《ゆ》れ合《あ》い、押《お》し合《あ》い、
きしめき立《た》てて行《い》くのが解《わか》る、
深《ふか》い夜《よる》の底《そこ》で、
寝《ね》しずまった四辺《しへん》の静寂《せいじゃく》のなかで、
私《わたし》はいつまでもそれを聴《き》いている、
いつまでも、

きしめき立《た》てて…物《もの》がこすれあってきしきし音《おと》を立《た》てながら。

続《つづ》いて行《い》く空一杯《そらいっぱい》の車輪《しゃりん》の音《おと》を……。

宮沢賢治《みやざわけんじ》

雲《くも》の信号《しんごう》

ああいいな　せいせいするな
風《かぜ》が吹《ふ》くし
農具《のうぐ》はぴかぴか光《ひか》っているし
山《やま》はぼんやり
岩頸《がんけい》だって岩鐘《がんしょう》だって
みんな時間《じかん》のないころのゆめをみているのだ
　そのとき雲《くも》の信号《しんごう》は

宮沢賢治《みやざわけんじ》　一八九六～一九三三

岩頸《がんけい》…火山岩頸《かざんがんけい》のこと。噴火《ふんか》によりできた火成岩《かせいがん》が円柱状《えんちゅうじょう》に露出《ろしゅつ》したもの。
岩鐘《がんしょう》…溶岩《ようがん》が釣鐘《つりがね》のように固《かた》まったもの。

もう青白《あおじろ》い春《はる》の
　禁慾《きんよく》のそら高《たか》く掲《かか》げられていた
山《やま》はぼんやり
きっと四本杉《よんほんすぎ》には
今夜《こんや》は雁《がん》もおりてくる

永訣《えいけつ》…永遠《えいえん》に別《わか》れること。死別《しべつ》。

宮沢賢治《みやざわけんじ》

永訣《えいけつ》の朝《あさ》

きょうのうちに
とおくへいってしまうわたくしのいもうとよ
みぞれがふっておもてはへんにあかるいのだ
（あめゆじゅとてちてけんじゃ）
うすあかくいっそう陰惨《いんざん》な雲《くも》から
みぞれはびちょびちょふってくる
（あめゆじゅとてちてけんじゃ）
青《あお》い蓴菜《じゅんさい》のもようのついた
これらふたつのかけた陶椀《とうわん》に
おまえがたべるあめゆきをとろうとして
わたくしはまがったてっぽうだまのように

あめゆじゅとてちてけんじゃ…雨雪《あめゆき》（みぞれ）をとってきてほしいな。
蓴菜《じゅんさい》…池沼《ちしょう》に自生《じせい》するスイレン科《か》の多年生水草《たねんせいみずくさ》。茎《くき》や葉《は》にぬめりがあり、若《わか》い芽《め》や葉《は》は食用《しょくよう》にされる。　**陶椀《とうわん》**…陶器《とうき》でできた茶碗《ちゃわん》。

このくらいみぞれのなかに飛《と》びだした
　（あめゆじゅとてちてけんじゃ）
蒼鉛《そうえん》いろの暗《くら》い雲《くも》から
みぞれはびちょびちょ沈《しず》んでくる
ああとし子《こ》
死《し》ぬといういまごろになって
わたくしをいっしょうあかるくするために
こんなさっぱりした雪《ゆき》のひとわんを
おまえはわたくしにたのんだのだ
ありがとうわたくしのけなげないもうとよ
わたくしもまっすぐにすすんでいくから
　（あめゆじゅとてちてけんじゃ）
はげしいはげしい熱《ねつ》やあえぎのあいだから
おまえはわたくしにたのんだのだ

銀河《ぎんが》や太陽《たいよう》　気圏《きけん》などとよばれたせかいの
そらからおちた雪《ゆき》のさいごのひとわんを……
……ふたきれのみかげせきざいに
みぞれはさびしくたまっている
わたくしはそのうえにあぶなくたち
雪《ゆき》と水《みず》とのまっしろな二相系《にそうけい》をたもち
すきとおるつめたい雫《しずく》にみちた
このつややかな松《まつ》のえだから
わたくしのやさしいいもうとの
さいごのたべものをもらっていこう
わたしたちがいっしょにそだってきたあいだ
みなれたちゃわんのこの藍《あい》のもようにも
もうきょうおまえはわかれてしまう
(Ora《おら》 Orade《おらで》 Shitori《しとり》 egumo《えぐも》)

みかげせきざい…御影石《みかげいし》(花崗岩《かこうがん》)の石材《せきざい》。

雪《ゆき》と水《みず》とのまっしろな二相系《にそうけい》…雪《ゆき》と水《みず》がおりなす二《ふた》つの異《こと》なった白《しろ》い様相《ようそう》。

Ora《おら》 Orade《おらで》 Shitori《しとり》 egumo《えぐも》…わたしは、わたしで、ひとりで、いきます。

ほんとうにきょうおまえはわかれてしまう
あぁあのとざされた病室《びょうしつ》の
くらいびょうぶやかやのなかに
やさしくあおじろく燃《も》えている
わたくしのけなげないもうとよ
この雪《ゆき》はどこをえらぼうにも
あんまりどこもまっしろなのだ
あんなおそろしいみだれたそらから
このうつくしい雪《ゆき》がきたのだ
（うまれでくるたて
　こんどはこたにわりゃのごとばかりで
　くるしまなぁよにうまれでくる）
おまえがたべるこのふたわんのゆきに
わたくしはいまこころからいのる

うまれで〜うまれでくる…また人《ひと》に生《う》まれてくるときは、こんな自分《じぶん》のことばかりで苦《くる》しまないように生《う》まれてくる。

どうかこれが天上《てんじょう》のアイスクリームになって
おまえとみんなとに聖《きよ》い資糧《しりょう》をもたらすように
わたくしのすべてのさいわいをかけてねがう

松《まつ》の針《はり》

宮沢賢治《みやざわけんじ》

さっきのみぞれをとってきた
あのきれいな松《まつ》のえだだよ
おお　おまえはまるでとびつくように
そのみどりの葉《は》にあつい頰《ほほ》をあてる
そんな植物性《しょくぶつせい》の青《あお》い針《はり》のなかに

資糧《しりょう》…資金《しきん》と食糧《しょくりょう》。

はげしく頬《ほほ》を刺《さ》させることは
むさぼるようにさえすることは
どんなにわたくしたちをおどろかすことか
そんなにまでもおまえは林《はやし》へ行《い》きたかったのだ
おまえがあんなにねつに燃《も》やされ
あせやいたみでもだえているとき
わたくしは日《ひ》のてるとこでたのしくはたらいたり
ほかのひとのことをかんがえながら森《もり》をあるいていた
（ああいい　さっぱりした
　まるで林《はやし》のながさ来《き》たよだ）
鳥《とり》のように栗鼠《りす》のように
おまえは林《はやし》をしたっていた
どんなにわたくしがうらやましかったろう
ああきょうのうちにとおくへさろうとするいもうとよ

まるで林《はやし》のながさ来《き》たよだ…まるで林《はやし》の中《なか》へ来《き》たようだ。

ほんとうにおまえはひとりでいこうとするか
わたくしにいっしょに行《い》けとたのんでくれ
泣《な》いてわたくしにそう言《い》ってくれ
　おまえの頰《ほほ》の　けれども
なんというきょうのうつくしさよ
わたくしは緑《みどり》のかやのうえにも
この新鮮《しんせん》な松《まつ》のえだをおこう
いまに雫《しずく》もおちるだろうし
そら
さわやかな
terpentine《ターペンティン》の匂《にお》いもするだろう

かや…萱《かや》であんだ敷物《しきもの》。
turpentine《ターベンティン》…マツ科《か》の樹木《じゅもく》からつくられるテレピン油《あぶら》のこと。

宮沢賢治《みやざわけんじ》

〔何《なん》と云《い》われても〕

何《なん》と云《い》われても
わたくしはひかる水玉《みずたま》
つめたい雫《しずく》
すきとおった雨《あま》つぶを
枝《えだ》いっぱいにみてた
若《わか》い山《やま》ぐみの木《き》なのである

山《やま》ぐみの木《き》…山《やま》に生《は》えるグミの木《き》。グミはグミ科《か》グミ属《ぞく》の植物《しょくぶつ》の総称《そうしょう》。果実《かじつ》は赤《あか》く熟《じゅく》し、渋《しぶ》みはあるが食用《しょくよう》になる。

宮沢賢治《みやざわけんじ》

〔雨《アメ》ニモマケズ〕

雨《アメ》ニモマケズ
風《カゼ》ニモマケズ
雪《ユキ》ニモ夏《ナツ》ノ暑《アツ》サニモマケヌ
丈夫《ジョウブ》ナカラダヲモチ
慾《ヨク》ハナク
決《ケッ》シテ瞋《イカ》ラズ
イツモシズカニワラッテイル
一日《イチニチ》ニ玄米四合《ゲンマイヨンゴウ》ト
味噌《ミソ》ト少《スコ》シノ野菜《ヤサイ》ヲタベ
アラユルコトヲ
ジブンヲカンジョウニ入《イ》レズニ

瞋《イカ》ラズ…怒《いか》らずに同《おな》じ。腹《はら》を立《た》てない。

ヨクミキキシワカリ
ソシテワスレズ
野《ノ》原《ハラ》ノ松《マツ》ノ林《ハヤシ》ノ蔭《カゲ》ノ
小《チイ》サナ萱《カヤ》ブキノ小屋《コヤ》ニイテ
東《ヒガシ》ニ病《ビョウ》気《キ》ノコドモアレバ
行《イ》ッテ看病《カンビョウ》シテヤリ
西《ニシ》ニツカレタ母《ハハ》アレバ
行《イ》ッテソノ稲《イネ》ノ束《タバ》ヲ負《オ》イ
南《ミナミ》ニ死《シ》ニソウナ人《ヒト》アレバ
行《イ》ッテコワガラナクテモイイトイイ
北《キタ》ニケンカヤソショウガアレバ
ツマラナイカラヤメロトイイ
ヒデリノトキハナミダヲナガシ
サムサノナツハオロオロアルキ

ミンナニデクノボートヨバレ
ホメラレモセズ
クニモサレズ
ソウイウモノニ
ワタシハナリタイ

八木重吉《やぎじゅうきち》

素朴《そぼく》な琴《こと》

この明《あか》るさのなかへ
ひとつの素朴《そぼく》な琴《こと》をおけば
秋《あき》の美《うつく》しさに耐《た》えかね（て）

八木重吉《やぎじゅうきち》　一八九八～一九一七

デクノボー…「木偶の坊《でくのぼう》」と書《か》く。気《き》のきかない人《ひと》。役立《やくた》たず。
クニモサレズ…苦《く》にもされず。嫌《きら》われたり、邪魔者《じゃまもの》にもされず。

琴《こと》はしずかに鳴《な》りだすだろう

八木重吉《やぎじゅうきち》
虫《むし》

虫《むし》が鳴《な》いている
いま　ないておかなければ
もう駄目《だめ》だというふうに鳴《な》いてる
しぜんと
涙《なみだ》をさそわれる

八木重吉《やぎじゅうきち》

ひとを怒《いか》る日《ひ》

ひとをいかる日《ひ》
われも
屍《しかばね》のごとく寐《ね》いるなり

○

なにゆえぞ
わがこころに
いかりというもののわく、
いかるときは
みずからのにくたいすら

寐《ね》いる…深《ふか》く眠《ねむ》ること。

屍《しかばね》のごとくこんこんとくちてゆくなり

○

ちからかぎり
こんかぎりやっても
いい人間《にんげん》になるのはむずかしい、
こう
のっぴきならず
かんがえてきた、
ふだんはそうでもないが
おっかさんにあったときなんか
たまらなくなる

くちてゆく…くさってぼろぼろになってゆく。
こんかぎり…根気《こんき》のつづくかぎり。全力《ぜんりょく》をかたむけて。

八木《やぎ》重吉《じゅうきち》

母《はは》をおもう

けしきが
あかるくなってきた
母《はは》をつれて
てくてくあるきたくなった
母《はは》はきっと
重吉《じゅうきち》よ重吉《じゅうきち》よといくどでもはなしかけるだろう

のっぴきならず…手《て》だてがなく、どうにもならないこと。せっぱつまった状《じょう》態《たい》をいう。

八木重吉《やぎじゅうきち》

子《こ》ども

子《こ》どもになぜ惹《ひ》かれるか
子《こ》どもは
善《よ》いことをするにも
悪《わる》いことをするにも一生懸命《いっしょうけんめい》だ

八木重吉《やぎじゅうきち》

皎皎《こうこう》とのぼってゆきたい

それが　ことによくすみわたった日《ひ》であるならば

皎皎《こうこう》と…真《ま》っ白《しろ》な清《きよ》らかな気持《きも》ちで。

そして君《きみ》のこころが　あまりにもつよく
説《と》きがたく　消《け》しがたく　かなしさにうずく日《ひ》なら
君《きみ》は　この阪道《さかみち》をいつまでものぼりつめて
あの丘《おか》よりも　もっともっとたかく
皎皎《こうこう》と　のぼってゆきたいとは　おもわないか

小熊秀雄《おぐまひでお》　一九〇一～一九四〇

馬《うま》の胴体《どうたい》の中《なか》で考《かんが》えていたい

小熊秀雄《おぐまひでお》

おお私《わたし》のふるさとの馬《うま》よ
お前《まえ》の傍《そば》のゆりかごの中《なか》で
私《わたし》は言葉《ことば》を覚《おぼ》えた

すべての村民《そんみん》と同《おな》じだけの言葉《ことば》を
村《むら》をでてきて、私《わたし》は詩人《しじん》になった
ところで言葉《ことば》が、たくさん必要《ひつよう》となった
人民《じんみん》の言《い》い現《あらわ》せない
言葉《ことば》をたくさん、たくさん知《し》って
人民《じんみん》の意志《いし》の代弁者《だいべんしゃ》たらんとした
のろのろとした戦車《せんしゃ》のような言葉《ことば》から
すばらしい稲妻《いなずま》のような言葉《ことば》まで
言葉《ことば》の自由《じゆう》は私《わたし》のものだ
誰《だれ》の所有《もの》でもない
突然大泥棒奴《とつぜんおおどろぼうめ》に、
——静《しず》かにしろ
声《こえ》をたてるな——
と私《わたし》は鼻先《はなさき》に短刀《たんとう》をつきつけられた、

かつてあのように強《つよ》く語《かた》った私《わたし》が
勇敢《ゆうかん》と力《ちから》とを失《うしな》って
しだいに沈黙《ちんもく》勝《が》ちになろうとしている
私《わたし》は生《う》まれながらの啞《おし》でなかったのを
むしろ不幸《ふこう》に思《おも》いだした
もう人間《にんげん》の姿《すがた》も嫌《いや》になった
ふるさとの馬《うま》よ
お前《まえ》の胴体《どうたい》の中《なか》で
じっと考《かんが》えこんでいたくなったよ
『自由《じゆう》』というたった二語《にご》も
満足《まんぞく》にしゃべらして貰《もら》えない位《くらい》なら
凍《こお》った夜《よる》、
馬《うま》よ、お前《まえ》のように
鼻《はな》から白《しろ》い呼吸《こきゅう》を吐《は》きに

啞《おし》…言葉《ことば》を発《はっ》することができないこと。またその人《ひと》。

わたしは寒《さむ》い郷里《きょうり》にかえりたくなったよ。

中原中也《なかはらちゅうや》

サーカス

幾時代《いくじだい》かがありまして
　茶色《ちゃいろ》い戦争《せんそう》ありました

幾時代《いくじだい》かがありまして
　冬《ふゆ》は疾風《しっぷう》吹《ふ》きました

幾時代《いくじだい》かがありまして

中原中也《なかはらちゅうや》　一九〇七〜一九三七

今夜此処《こんやここ》での一《ひ》と殷盛《さか》り
　今夜此処《こんやここ》での一《ひ》と殷盛《さか》り

サーカス小屋《ごや》は高《たか》い梁《はり》
　そこに一《ひと》つのブランコだ
見《み》えるともないブランコだ

頭倒《あたまさか》さに手《て》を垂《た》れて
　汚《よご》れ木綿《もめん》の屋蓋《やね》のもと
ゆあーん　ゆよーん　ゆやゆよん

それの近《ちか》くの白《しろ》い灯《ひ》が
　安《やす》いリボンと息《いき》を吐《は》き

一《ひ》と殷盛《さか》り…ここでは、一夜《いちや》の開催《かいさい》の意《い》。

観客様《かんきゃくさま》はみな鰯《いわし》
　咽喉《のんど》が鳴《な》ります牡蠣殻《かきがら》と
ゆあーん　ゆよーん　ゆやゆよん

野外《やがい》は真《ま》ッ闇《くら》　闇《くら》の闇《くら》
夜《よ》は劫々《こうこう》と更《ふ》けまする
落下傘奴《らっかがさめ》のノスタルジアと
ゆあーん　ゆよーん　ゆやゆよん

中原中也《なかはらちゅうや》

汚《よご》れっちまった悲《かな》しみに……

汚《よご》れっちまった悲《かな》しみに
今日《きょう》も小雪《こゆき》の降《ふ》りかかる
汚《よご》れっちまった悲《かな》しみに
今日《きょう》も風《かぜ》さえ吹《ふ》きすぎる

汚《よご》れっちまった悲《かな》しみは
たとえば狐《きつね》の革裘《かわごろも》
汚《よご》れっちまった悲《かな》しみは
小雪《こゆき》のかかってちぢこまる

汚《よご》れっちまった悲《かな》しみは

革裘《かわごろも》…毛皮《けがわ》でつくった防寒用《ぼうかんよう》の衣《ころも》。

なにのぞむなくねがうなく
汚《よご》れっちまった悲《かな》しみは
倦怠《けだい》のうちに死《し》を夢《ゆめ》む

汚《よご》れっちまった悲《かな》しみに
いたいたしくも怖気《おじけ》づき
汚《よご》れっちまった悲《かな》しみに
なすところもなく日《ひ》は暮《く》れる……

倦怠《けだい》…けだいは通常《つうじょう》は「懈怠《けだい》」と書《か》く。ここでは、なまけおこたることの意《い》。けんたい。

中原中也《なかはらちゅうや》

湖上《こじょう》

ポッカリ月《つき》が出《で》ましたら、
舟《ふね》を浮《う》かべて出掛《でか》けましょう。
波《なみ》はヒタヒタ打《う》つでしょう、
風《かぜ》も少《すこ》しはあるでしょう。

沖《おき》に出《で》たらば暗《くら》いでしょう、
櫂《かい》から滴垂《したた》る水《みず》の音《ね》は
昵懇《ちか》しいものに聞《き》こえましょう、
――あなたの言葉《ことば》の杜切《とぎ》れ間《ま》を。

月《つき》は聴《き》き耳立《みみた》てるでしょう、

昵懇《ちか》しい…親《した》しい。親密《しんみつ》である。

すこしは降《お》りても来《く》るでしょう、
われら接唇《くちづけ》する時《とき》に
月《つき》は頭上《ずじょう》にあるでしょう。

あなたはなおも、語《かた》るでしょう、
よしないことや拗言《すねごと》や、
洩《も》らさず私《わたし》は聴《き》くでしょう、
――けれど漕《こ》ぐ手《て》はやめないで。

ポッカリ月《つき》が出《で》ましたら、
舟《ふね》を浮《う》かべて出掛《でか》けましょう、
波《なみ》はヒタヒタ打《う》つでしょう、
風《かぜ》も少《すこ》しはあるでしょう。

よしないこと…ここでは、関係《かんけい》がない無意味《むいみ》なこと、かかわりがないこと。
拗言《すねごと》…ひねくれたもの言《い》い。

中原中也《なかはらちゅうや》

月夜《つきよ》の浜辺《はまべ》

月夜《つきよ》の晩《ばん》に、ボタンが一《ひと》つ
波打際《なみうちぎわ》に、落《お》ちていた。

それを拾《ひろ》って、役立《やくだ》てようと
僕《ぼく》は思《おも》ったわけでもないが
なぜだかそれを捨《す》てるに忍《しの》びず
僕《ぼく》はそれを、袂《たもと》に入《い》れた。

月夜《つきよ》の晩《ばん》に、ボタンが一《ひと》つ
波打際《なみうちぎわ》に、落《お》ちていた。

袂《たもと》…和服《わふく》の袖《そで》のたれ下《さ》がった部分《ぶぶん》。

それを拾《ひろ》って、役立《やくだ》てようと
僕《ぼく》は思《おも》ったわけでもないが
　月《つき》に向《む》かってそれは抛《ほう》れず
　浪《なみ》に向《む》かってそれは抛《ほう》れず
僕《ぼく》はそれを、袂《たもと》に入《い》れた。

月夜《つきよ》の晩《ばん》に、拾《ひろ》ったボタンは
指先《ゆびさき》に沁《し》み、心《こころ》に沁《し》みた。

月夜《つきよ》の晩《ばん》に、拾《ひろ》ったボタンは
どうしてそれが、捨《す》てられようか？

中原中也《なかはらちゅうや》

閑寂《かんじゃく》

なんにも訪《おとな》うことのない、
私《わたし》の心《こころ》は閑寂《かんじゃく》だ。

それは日曜日《にちようび》の渡《わた》り廊下《ろうか》、
――みんなは野原《のはら》へ行《い》っちゃった。

板《いた》は冷《つめ》たい光沢《つや》をもち、
小鳥《ことり》は庭《にわ》に啼《な》いている。

締《し》めの足《た》りない水道《すいどう》の、
蛇口《じゃぐち》の滴《しずく》は、つと光《ひか》り！

閑寂《かんじゃく》…もの静《しず》かなさま。
訪《おとな》う…訪《おとず》れる。訪問《ほうもん》する。

土《つち》は薔薇色《ばらいろ》、空《そら》には雲雀《ひばり》
空《そら》はきれいな四月《しがつ》です。

なんにも訪《おとな》うことのない、
私《わたし》の心《こころ》は閑寂《かんじゃく》だ。

草野天平《くさのてんぺい》

子供《こども》に言《い》う

子供《こども》よ
ここへお坐《すわ》り

草野天平《くさのてんぺい》　一九一〇〜一九五二

お前《まえ》はさっき石《いし》をもって喧嘩《けんか》をしていたね
そういうことではいけない
石《いし》をお捨《す》て
人《ひと》は少《すこ》しでも自分《じぶん》と違《ちが》う力《ちから》をかりてはいけない
いつも一緒《いっしょ》に歩《ある》いている時《とき》
お父《とう》さんがいるんだぞと言《い》っていたことがあった
自分《じぶん》はああいう時《とき》
本当《ほんとう》はお前《まえ》のそばにいないのだ
あの子《こ》がお前《まえ》より強《つよ》ければ
強《つよ》いように打《う》てばいいと思《おも》うし
お前《まえ》が強《つよ》ければ強《つよ》いように
やはり普通《ふつう》に打《う》てばいいと思《おも》う
勝《か》つのもいい
負《ま》けるのも又《また》いい

勝《か》っても威張《いば》れないし
負《ま》けても威張《いば》れないものなのだ
いいか
わかったか

草野天平《くさのてんぺい》
戦争《せんそう》に際《さい》して思《おも》う

一　最勝《さいしょう》

世界万人《せかいばんにん》に真《しん》に勝《か》つ武器《ぶき》は
神《かみ》のように無手《むて》でありましょう

最勝《さいしょう》…もっともすぐれていること。またはそのさま。

前《まえ》を正《ただ》しく見《み》て
物《もの》を持《も》たないことでありましょう
また持《も》とうともしないことでありましょう
わたくし共《ども》は父母《ふぼ》の子《こ》でありますけれども
創《つく》りは独《ひと》り
茫々《ぼうぼう》とした天《てん》と地《ち》の子《こ》
我《わ》が物《もの》と思《おも》わないことであります
手《て》は垂《た》れて何《なに》も蔵《かく》さず
慈悲《じひ》と無慈悲《むじひ》の中《なか》ほどに立《た》って
身体《からだ》のいずれにも力《ちから》を籠《こ》めぬ
あの平《たい》らかな姿《すがた》であり
言葉《ことば》であり行《おこな》いでありましょう

茫々《ぼうぼう》とした…はてしなく広々《ひろびろ》としているさま。
慈悲《じひ》…いつくしみ、あわれむ心《こころ》。

二　自己《じこ》と人界《じんかい》

己《おの》れ一人《ひとり》に克《か》つ者《もの》が万人《ばんにん》に克《か》つ者《もの》であります
己《おの》れ一人《ひとり》の為《ため》に
己《おの》れ一人《ひとり》の穢《けが》れを祓《はら》う者《もの》が
万人《ばんにん》の穢《けが》れを祓《はら》う者《もの》であります
他人《ひと》を誹《そし》れば
他人《ひと》も夜《よる》臥《ふ》して朝《あさ》起《お》きる己《おの》れであり
やはり同《おな》じ
誹《そし》ります
美《び》も醜《しゅう》も結局《けっきょく》は己《おの》れ自身《じしん》なのでありますから
美《うつく》しい人事《じんじ》を称《たた》えるわけにもゆかず
醜《みにく》い人事《じんじ》を蔑《さげす》むわけにもゆきません

人界《じんかい》…人間《にんげん》のすんでいる世界《せかい》。人間界《にんげんかい》。
誹《そし》れば…悪《わる》くいえば。非難《ひなん》すれば。

三　日本《にっぽん》の政治《せいじ》

源《みなもと》は
動《うご》いてはいけないものと思《おも》われます
下《した》を向《む》いてもいけないものと思《おも》われます
奥《おく》まって何《なに》も為《な》さず
日本《にっぽん》の着物《きもの》を立派《りっぱ》に着《き》て
しかも静《しず》かに畳《たたみ》に坐《すわ》り
内《うち》に在《あ》って揺《ゆ》れ動《うご》く世界《せかい》を見《み》
動《うご》かぬ天上《てんじょう》を同時《どうじ》に見《み》て
ただ声音《こわね》うるわしく
話《はな》す言葉《ことば》は
普通《ふつう》でなければなりません
この世《よ》の凡《すべ》ては空《むな》しいようでもあり

声音《こわね》…声《こえ》の様子《ようす》。声《こえ》の感《かん》じ。

又《また》そうでもないようでもあります
戦争《せんそう》にしても
平和《へいわ》にしても
つまるところは一《ひと》つものの中《なか》にあるように思《おも》われますから
進《すす》むことも
退《しりぞ》くことも出来《でき》ず
分量《ぶんりょう》は何時《いつ》も同《おな》じに保《たも》って
色《いろ》の無《な》い色《いろ》の有《あ》る
真《ま》ん中《なか》の道《みち》を行《い》かねばならないように思《おも》われます

草野天平《くさのてんぺい》

武蔵野《むさしの》を歩《ある》いて

路《みち》は続《つづ》いている
私《わたし》は歩《ある》いている
小橋《こばし》の上《うえ》へとまり
ぽとんと石《いし》をおとす
そしてまた歩《ある》きはじめる
木蓮《もくれん》の下《した》を通《とお》れば
においがして
遠《とお》くに雲《くも》は浮《う》いている
路《みち》は続《つづ》いている

武蔵野《むさしの》…関東平野《かんとうへいや》南西部《なんせいぶ》、東京都《とうきょうと》中西部《ちゅうせいぶ》から埼玉県《さいたまけん》南部《なんぶ》にわたる地域《ちいき》で、かつては雑木林《ぞうきばやし》におおわれた原野《げんや》であった。

草野天平《くさのてんぺい》

夜明《よあ》け

人《ひと》の世《よ》はまだ動《うご》かない
家《いえ》も屋根《やね》も
みいんな睡《ねむ》っている
東《ひがし》の方《ほう》の遠《とお》い静《しず》けさ
音《おと》もなく
星《ほし》は消《き》えてゆく
それでも揃《そろ》って
みいんな動《うご》かない
ほんとうに優《やさ》しく目立《めだ》たない
なんという微妙《びみょう》な始《はじ》まり方《かた》なんだろうか

草野天平《くさのてんぺい》

一人《ひとり》

見《み》ても誰《だれ》もいない
本《ほん》を伏《ふ》せる
家《いえ》を出《で》て山《やま》を見《み》れば
山《やま》はやはり山《やま》

新美南吉《にいみなんきち》

泉《いずみ》〈A《エイ》〉

ある日《ひ》ふと
泉《いずみ》が湧《わ》いた

新美南吉《にいみなんきち》　一九一三〜一九四三

わたしの心《こころ》の
落葉《おちば》の下《した》に

×

蜂《はち》が来《き》て
針《はり》とぐほどの
小《ちい》さな泉《いずみ》

×

しようもなくて
花《はな》をうかべて
ながめていた

新美南吉《にいみなんきち》

泉《いずみ》〈B《ビー》〉

この泉《いずみ》の水《みず》を汲《く》んでくれ
これはささやかな泉《いずみ》だ
恰度茶《ちょうどちゃ》わんに一ぱいほどの水《みず》だ
だが見《み》てくれ
この水《みず》は清冽《せいれつ》で
ま新《あたら》しいのだ
無限《むげん》の青空《あおぞら》が
そのはりつめた方寸《ほうすん》のおもてに
くっきりうつっているではないか
しんと動《うご》かないが
耳《みみ》を近《ちか》づけてきいてくれ

清冽《せいれつ》…清《きよ》らかで冷《つめ》たいこと。
方寸《ほうすん》…一寸《いっすん》(約《やく》3.03センチメートル)四方《しほう》のことで、とてもせまい場所《ばしょ》の意《い》。

その底《そこ》にしんしんと
力《ちから》のみなぎるつぶやきが
聞《き》こえるではないか
この泉《いずみ》は四方《しほう》の大《おお》きい岩《いわ》を
じみじみと永《なが》い日夜《にちや》をかけて
絶《た》えずしみとおって来《き》た水《みず》が
一切《いっさい》の汚辱《おじょく》を去《さ》り、
みじんのにごりもとどめず
今朝《けさ》ここに充《み》ちたものだ
見《み》てくれ、底《そこ》の砂粒《すなつぶ》の一《ひと》つ一《ひと》つが
宝石《ほうせき》のようにきらきらしている
塵《ちり》一《ひと》つ、枯葉《かれは》の片《かけ》一《ひと》つ
沈《しず》んではいない
もっと頰《ほお》をその表面《ひょうめん》に近《ちか》づけて

汚辱《おじょく》…けがし、はずかしめること。はずかしめ。

見《み》てくれ
氷《こおり》のような息吹《いぶき》が
泉《いずみ》からたちのぼる冷気《れいき》が
君《きみ》の感覚《かんかく》をさしはしないか
さあ
この泉《いずみ》を汲《く》んでくれ
もろ手《て》を出《だ》してすくってくれ

新美南吉《にいみなんきち》
貝殻《かいがら》

かなしきときは
貝殻鳴《かいがらな》らそ。

二《ふた》つ合《あ》わせて息吹《いぶき》をこめて。
静《しず》かに鳴《な》らそ、
貝《かい》がらを。

誰《だれ》もその音《ね》を
きかずとも、
風《かぜ》にかなしく消《き》ゆるとも、
せめてじぶんを
あたためん。

静《しず》かに鳴《な》らそ
貝殻《かいがら》を。

立原道造《たちはらみちぞう》

風《かぜ》の話《はなし》

そんなことを言《い》うのはおかしかった
僕《ぼく》らは　まじめな顔《かお》で言《い》いあっていた
風《かぜ》が見《み》えないことを

最初《さいしょ》の子供《こども》は　風《かぜ》が埃《ほこり》のそばにばかり見《み》えることを言《い》った
誰《だれ》にもその考《かんが》えは気《き》にいらなかった

次《つぎ》の子供《こども》は　風《かぜ》が枝《えだ》のそばにばかり見《み》えることを言《い》った
その子《こ》は木《き》のぼりを考《かんが》えた　葉《は》がそよいだ

僕《ぼく》らはみんなで言《い》いあった

立原道造《たちはらみちぞう》　一九一四〜一九三九

そしてとうとう最後《さいご》の子供《こども》が言《い》った
あれは見《み》えなくてよいことを

立原道造《たちはらみちぞう》

のちのおもいに

夢《ゆめ》はいつもかえって行《い》った　山《やま》の麓《ふもと》のさびしい村《むら》に
水引草《みずひきぐさ》に風《かぜ》が立《た》ち
草《くさ》ひばりのうたいやまない
しずまりかえった午《ひる》さがりの林道《りんどう》を

うららかに青《あお》い空《そら》には陽《ひ》がてり　火山《かざん》は眠《ねむ》っていた

水引草《みずひきぐさ》…林《はやし》や山道《さんどう》に生《は》えるタデ科《か》の多年草《たねんそう》。目立《めだ》たないが可憐《かれん》な花《はな》をつける。
草《くさ》ひばり…クサヒバリ科《か》のコオロギのこと。雄《おす》はチリリリ…と美《うつく》しい声《こえ》で鳴《な》く。

――そして私《わたし》は
見《み》て来《き》たものを　島々《しまじま》を　波《なみ》を　岬《みさき》を　日光月光《にっこうげっこう》を
だれもきいていないと知《し》りながら　語《かた》りつづけた……

夢《ゆめ》は　そのさきには　もうゆかない
なにもかも　忘《わす》れ果《は》てようとおもい
忘《わす》れつくしたことさえ　忘《わす》れてしまったときには

夢《ゆめ》は　真冬《まふゆ》の追憶《ついおく》のうちに凍《こお》るであろう
そして　それは戸《と》をあけて　寂寥《せきりょう》のなかに
星《ほし》くずにてらされた道《みち》を過《す》ぎ去《さ》るであろう

寂寥《せきりょう》…ものさびしくひっそりしているさま。

立原道造《たちはらみちぞう》

或《あ》る風《かぜ》に寄《よ》せて

おまえのことでいっぱいだった　西風《にしかぜ》よ
たるんだ唄《うた》のうたいやまない　雨《あめ》の昼《ひる》に
とざした窗《まど》のうすあかりに
さびしい思《おも》いを噛《か》みながら

おぼえていた　おののきも　顫《ふる》えも
あれは見知《みし》らないものたちだ……
夕《ゆう》ぐれごとに　かがやいた方《ほう》から吹《ふ》いて来《き》て
あれはもう　たたまれて　心《こころ》にかかっている

おまえのうたった　とおい調《しら》べだ──

窗《まど》…窓《まど》に同《おな》じ。

誰《だれ》がそれを引《ひ》き出《だ》すのだろう　誰《だれ》が
それを忘《わす》れるのだろう……そうして
夕《ゆう》ぐれが夜《よる》に変《か》わるたび　雲《くも》は死《し》に
そそがれて来《く》るうすやみのなかに
おまえは　西風《にしかぜ》よ　みんななくしてしまった　と

立原道造《たちはらみちぞう》
　夢《ゆめ》みたものは……

夢《ゆめ》みたものは　ひとつの幸福《こうふく》
ねがったものは　ひとつの愛《あい》

山《やま》なみのあちらにも　しずかな村《むら》がある
明《あか》るい日曜日《にちようび》の　青《あお》い空《そら》がある

日傘《ひがさ》をさした　田舎《いなか》の娘《むすめ》らが
着《き》かざって　唄《うた》をうたっている
大《おお》きなまるい輪《わ》をかいて
田舎《いなか》の娘《むすめ》らが　踊《おど》りをおどっている

告《つ》げて　うたっているのは
青《あお》い翼《つばさ》の一羽《いちわ》の　小鳥《ことり》
低《ひく》い枝《えだ》で　うたっている

夢《ゆめ》みたものは　ひとつの愛《あい》
ねがったものは　ひとつの幸福《こうふく》

地異《ちい》…地震《じしん》、噴火《ふんか》、洪水《こうずい》など、地上《ちじょう》におこる異変《いへん》。ここでは浅間山《あさまやま》の噴火《ふんか》による降灰《こうばい》。

それらはすべてここに　ある　と

立原道造《たちはらみちぞう》

はじめてのものに

ささやかな地異《ちい》は　そのかたみに
灰《はい》を降《ふ》らした　この村《むら》に　ひとしきり
灰《はい》はかなしい追憶《ついおく》のように　音立《おとた》てて
樹木《じゅもく》の梢《こずえ》に　家々《いえいえ》の屋根《やね》に　降《ふ》りしきった
その夜《よ》　月《つき》は明《あか》かったが　私《わたし》はひとと
窓《まど》に凭《もた》れて語《かた》りあった（その窓《まど》からは山《やま》の姿《すがた》が見《み》えた）

この村《むら》…現在《げんざい》の長野県北佐久郡軽井沢町追分《ながのけんきたさくぐんかるいざわまちおいわけ》のこと。作者《さくしゃ》はこの地《ち》で、敬愛《けいあい》する堀辰雄《ほりたつお》や室生犀星《むろうさいせい》らの作家《さっか》・詩人《しじん》たちと交流《こうりゅう》を深《ふか》めた。

部屋《へや》の隅々《すみずみ》に　峡谷《きょうこく》のように　光《ひかり》と
よくひびく笑《わら》い声《ごえ》が溢《あふ》れていた

――人《ひと》の心《こころ》を知《し》ることは……人《ひと》の心《こころ》とは……
私《わたし》は　そのひとが蛾《が》を追《お》う手《て》つきを　あれは蛾《が》を
把《とら》えようとするのだろうか　何《なに》かいぶかしかった

いかな日《ひ》にみねに灰《はい》の煙《けむり》の立《た》ち初《そ》めたか
火《ひ》の山《やま》の物語《ものがたり》と……また幾夜《いくよ》さかは　果《は》たして夢《ゆめ》に
その夜《よ》習《なら》ったエリーザベトの物語《ものがたり》を織《お》った

いかな日《ひ》に…どのような日《ひ》に。　**幾夜《いくよ》さかは**…幾晩《いくばん》かは。
エリーザベト…ドイツの小説家《しょうせつか》テオドール・シュトルムの小説《しょうせつ》『みずうみ』の女主人公《おんなしゅじんこう》の名《な》。

立原道造《たちはらみちぞう》

わかれる昼《ひる》に

ゆさぶれ　青《あお》い梢《こずえ》を
もぎとれ　青《あお》い木《こ》の実《み》を
ひとよ　昼《ひる》はとおく澄《す》みわたるので
私《わたし》のかえって行《ゆ》く故里《ふるさと》が　どこかにとおくあるようだ

何《なに》もみな　うっとりと今《いま》は親切《しんせつ》にしてくれる
追憶《ついおく》よりも淡《あわ》く　すこしもちがわない静《しず》かさで
単調《たんちょう》な　浮雲《うきぐも》と風《かぜ》のもつれあいも
きのうの私《わたし》のうたっていたままに

弱《よわ》い心《こころ》を　投《な》げあげろ

嚙《か》みすてた青《あお》くさい核《たね》を放《ほう》るように
ゆさぶれ　ゆさぶれ

ひとよ
いろいろなものがやさしく見《み》いるので
唇《くちびる》を嚙《か》んで　私《わたし》は憤《いきどお》ることが出来《でき》ないようだ

竹内浩三《たけうちこうぞう》
骨《ほね》のうたう（補作型《ほさくがた》）

戦死《せんし》やあわれ
兵隊《へいたい》の死《し》ぬるや　あわれ

竹内浩三《たけうちこうぞう》　一九二一〜一九四五

遠《とお》い他国《たこく》で　ひょんと死《し》ぬるや
だまって　だれもいないところで
ひょんと死《し》ぬるや
ふるさとの風《かぜ》や
こいびとの眼《め》や
ひょんと消《き》ゆるや
国《くに》のため
大君《おおきみ》のため
死《し》んでしまうや
その心《こころ》や

白《しろ》い箱《はこ》にて　故国《ここく》をながめる
音《おと》もなく　なんにもなく
帰《かえ》っては　きましたけれど

大君《おおきみ》…天皇《てんのう》をうやまっていう語《ご》。
白《しろ》い箱《はこ》…戦死者《せんししゃ》の骨《ほね》が入《はい》った白布《はくふ》につつまれた骨箱《こつばこ》。

故国《ここく》の人《ひと》のよそよそしさや
自分《じぶん》の事務《じむ》や女《おんな》のみだしなみが大切《たいせつ》で
骨《ほね》は骨《ほね》　骨《ほね》を愛《あい》する人《ひと》もなし
骨《ほね》は骨《ほね》として　勲章《くんしょう》をもらい
高《たか》く崇《あが》められ　ほまれは高《たか》し
なれど　骨《ほね》はききたかった
絶大《ぜつだい》な愛情《あいじょう》のひびきをききたかった
がらがらどんどんと事務《じむ》と常識《じょうしき》が流《なが》れ
故国《ここく》は発展《はってん》にいそがしかった
女《おんな》は　化粧《けしょう》にいそがしかった

ああ　戦死《せんし》やあわれ
兵隊《へいたい》の死《し》ぬるや　あわれ
こらえきれないさびしさや

勲章《くんしょう》をもらい…戦死者《せんししゃ》の名誉《めいよ》と功績《こうせき》をたたえて勲章《くんしょう》が与《あた》えられた。
ほまれ…ほめられて世間的《せけんてき》に評判《ひょうばん》のよいこと。名誉《めいよ》。

国《くに》のため
大君《おおきみ》のため
死《し》んでしまうや
その心《こころ》や

竹内浩三《たけうちこうぞう》

ぼくもいくさに征《い》くのだけれど

街《まち》はいくさがたりであふれ
どこへいっても征《い》くはなし　か（勝《か》）ったはなし
三ケ月《かげつ》もたてばぼくも征《い》くのだけれど

征《い》く…いく、ゆくに同《おな》じだが、とくにここでは、兵士《へいし》として遠方《えんぽう》の戦地《せんち》へいくの意《い》。
いくさがたり…戦争《せんそう》にいった体験談《たいけんだん》。戦争《せんそう》の話《はなし》。

だけど　こうしてぼんやりしている

ぼくがいくさに征《い》ったなら
一体《いったい》ぼくはなにするだろう　てがらたてるかな

だれもかれもおとこならみんな征《い》く
ぼくも征《い》くのだけれど　征《い》くのだけれど

なんにもできず
蝶《ちょう》をとったり　子供《こども》とあそんだり
うっかりしていて戦死《せんし》するかしら

そんなまぬけなぼくなので
どうか人《ひと》なみにいくさができますよう

成田山《なりたさん》に願《がん》かけた

竹内浩三《たけうちこうぞう》

蝶《ちょう》

哄笑《こうしょう》していればいい
いつか、その口《くち》の中《なか》へ
蝶々《ちょうちょう》がまいこむ

成田山《なりたさん》…成田山新勝寺《なりたさんしんしょうじ》のこと。千葉県成田市《ちばけんなりたし》にある真言宗智山派《しんごんしゅうちざんは》の大本山《だいほんざん》。
哄笑《こうしょう》…大声《おおごえ》で笑《わら》うこと。大笑《おおわら》い。

詩《うた》をやめはしない

竹内浩三《たけうちこうぞう》

たとえ、巨《おお》きな手《て》が
おれを、戦場《せんじょう》をつれていっても
たまがおれを殺《ころ》しにきても
おれを、詩《うた》をやめはしない
飯盒《はんごう》に、そこ（底《そこ》）にでも
爪《つめ》でもって、詩《うた》をかきつけよう

巨《おお》きな手《て》…ここでは、国家権力《こっかけんりょく》の意《い》。
戦場《せんじょう》をつれていっても…「戦場《せんじょう》につれていっても」に同《おな》じ。
飯盒《はんごう》…日本《にほん》の軍隊《ぐんたい》で開発《かいはつ》された、野外《やがい》で使用《しよう》される携帯用《けいたいよう》の炊飯具《すいはんぐ》。

大関松三郎《おおぜきまつさぶろう》

虫《むし》けら

一《ひと》くわ
どっしんとおろして　ひっくりかえした土《つち》の中《なか》から
もぞもぞと　いろんな虫《むし》けらがでてくる
土《つち》の中《なか》にかくれていて
あんきにくらしていた虫《むし》けらが
おれの一《ひと》くわで　たちまち大《おお》さわぎだ
おまえは　くそ虫《むし》といわれ
おまえは　みみずといわれ
おまえは　へっこき虫《むし》といわれ
おまえは　げじげじといわれ
おまえは　ありごといわれ

大関松三郎《おおぜきまつさぶろう》　一九二六〜一九四四

一《ひと》くわ…鍬《くわ》を一度《ど》地面《じめん》に打《う》ちこむこと。
あんき…安気《あんき》。心配《しんぱい》がなく気楽《きらく》なこと。
ありご…蟻《あり》のこと。新潟県《にいがたけん》（作者《さくしゃ》の生地《せいち》）の方言的用法《ほうげんてきようほう》。「ありんご」とも。

おまえらは　虫《むし》けらといわれ
おれは　人間《にんげん》といわれ
おれは　百姓《ひゃくしょう》といわれ
おれは　くわをもって　土《つち》をたがやさねばならん
おれは　おまえたちのうちをこわさねばならん
おれは　おまえたちの　大将《たいしょう》でもないし　敵《てき》でもないが
おれは　おまえたちを　けちらしたり　ころしたりする
おれは　こまった
おれは　くわをたてて考《かんが》える

だが虫《むし》けらよ
やっぱりおれは土《つち》をたがやさんばならんでや
おまえらを　けちらかしていかんばならんでや
なあ

たがやさんばならんでや…耕《たがや》さなければならないのだよ。

虫《むし》けらや　虫《むし》けらや

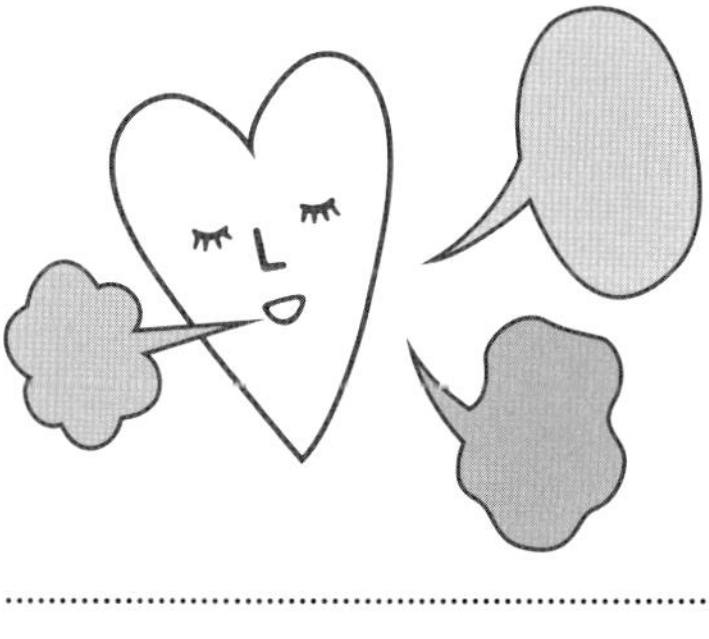

◆作品によせて

言葉にふれる　言葉を鍛《きた》える

小寺 美和
（元 東京都公立中学校国語科教諭）

子どもの小さな手をつないで帰った冬の日、「あっ、みて！　お月さまもいそいでるよ」の言葉に、冷たい風もなんだか楽しく感じられた記憶《きおく》がある。胸《むね》の奥《おく》をあったかくしてくれたり、どきりとさせる言葉を「詩」というのだろうか。そんな言葉がたくさん詰《つ》まった詩に出会えたらいいなと思う。

この詩集では、近《きん》・現代《げんだい》の詩を選んでみた。詩人の名前は聞いたことがあるし、教科書や何かで読んだことがあるという人にも、今、響《ひび》く言葉は、以前とはまた違《ちが》った表情《ひょうじょう》を見せるだろう。今まで知らん顔していた言葉が、突然《とつぜん》心の奥深《おくふか》くに飛《と》び込《こ》んできて、言葉が口からこぼれだした経験《けいけん》を持っている人もいるだろう。宮沢賢治《みやざわけんじ》の「雨《アメ》ニモマケズ…」だったり、ぽつんとひとりになったときの「汚《よご》れっちまった悲《かな》しみに…」だったり、それぞれだ。

また、はじめて出会った詩には、立ち止まってゆっくり言葉にふれてみてほしい。声に出せば、言葉のリズムが伝わってきて、目で追っているときとは違《ちが》う言葉になる。自分のペースで言葉と対話しながら、じっくりその言葉の裏《うら》に隠《かく》れているものを想像《そうぞう》してみよう。一つひとつの言葉に込《こ》められた意味や世界を想像する経験《けいけん》を重ねていくと、あなたの自身の言葉も鍛《きた》えられるはず。見えなかった世界の枠組《わくぐ》みが見えてくるような、知的な言葉との出会いの瞬間《しゅんかん》だ。この詩集をそばにおいて、ときどきじっくり言葉にふれる時間を楽しもう。

ここには、明治《めいじ》・大正《たいしょう》・昭和《しょうわ》という時代の中で、自分の生き方を模索《もさく》しながら言葉を発してきた詩人たちのいくつかの作品を集めた。詩人たちの思いは、時を超《こ》えて今の私《わたくし》たちにも通じ合うものが多い。みなさんと、詩の一篇《ぺん》にふれあうための、小さな時間を共有できることを願っている。

島崎藤村《しまざきとうそん》　詩集『若菜集《わかなしゅう》』に収《おさ》められている「初恋《はつこい》」は、大人になっていく若者《わかもの》の恋《こい》を描《えが》いた作品。「椰子《やし》の実《み》」は、伊良湖《いらご》の海岸（愛知県）に椰子の実が流れ着いているのを見たという、民俗学者《みんぞくがくしゃ》、柳田国男《やなぎたくにお》の体験を元に書いたもの。

与謝野晶子《よさのあきこ》　ロシアの文豪《ぶんごう》、トルストイの反戦メッセージに深く感動した晶子が、弟に呼《よ》びかける形で、一九〇四年、「明星《みょうじょう》」九月号に「君死にたもうことなかれ」を発表すると、日露《にちろ》戦争に熱狂《ねっきょう》する人々から猛烈《もうれつ》な批判《ひはん》を浴びせられた。晶子《あきこ》は「明星」十一月号に、「近頃《ちかごろ》のように死ねよ死ねよと言い、また何事にも忠君愛国《ちゅうくんあいこく》や教育勅語《きょういくちょくご》を持ち出して論《ろん》じる事の流行の方が、危険思想《きけんしそう》ではないでしょうか。歌は歌です。誠《まこと》の心を歌わぬ歌に、何の値打《ねう》ちがあるでしょう」と反論《はんろん》した。時代を超《こ》えて、晶子の思いが伝わってくる。

高村光太郎《たかむらこうたろう》　自由を理想として留学《りゅうがく》からもどった光太郎は、理想と現実の落差に大きな挫折《ざせつ》と憤《いきどお》りを感じる。光太郎の詩は、そうした彼《かれ》の生き方に密接《みっせつ》に関連し、「根付《ねつけ》」のように映《うつ》った日本人や、抑圧《よくあつ》され、喘《あえ》いでいる「檻《おり》の中の駝鳥《だちょう》」に自分を重ね、厳《きび》しい冬の中にあっても、社会の渦《うず》に飲《の》み込《こ》まれそうになっても、ごまかさず、いつも自分に誠実《せいじつ》でありたいという思いが伝わってくる。また、かけがえのない妻、智恵子《ちえこ》をうたった詩集に『智恵子抄《ちえこしょう》』があり、「あどけない話《はなし》」はその中の一篇《ぺん》。

山村暮鳥《やまむらぼちょう》　いちめんに菜の花が広がっていく「風景《ふうけい》」は、一度出会ったら忘《わす》れられない詩の一つ。同じ言葉を繰《く》り返《かえ》しながら、菜の花畑が広がっていく様子を映像《えいぞう》のように映し出していく。ゆっくり読むとその反復《はんぷく》が実に効果的《こうかてき》だ。同じように、雪解《ゆきど》け水《みず》をたっぷりにたくわえた川に、風にのんびりと誘《さそ》われる雲に、ほわっとして何とも温かい伸《の》びやかな春を刻《きざ》む。ゆっくりとした時間の流れの中に自分を置いて、詩を楽しもう。

竹久夢二《たけひさゆめじ》　七五調《しちごちょう》のわかりやすい、何より口ずさみやすい詩形が夢二の詩の特徴《とくちょう》だ。宵待《よいまち》草《ぐさ》は月見草と同じで、夕方に開花して翌朝《よくあさ》にはしぼんでしまう花。「宵待草《よいまちぐさ》」は、この花によせて、避暑地《ひしょち》で出会った女性《じょせい》への想い、恋《こい》の切なさと儚《はかな》さをうたう。

北原白秋《きたはらはくしゅう》　カラマツ林を歩いたことがあるだろうか。詩は言葉をたよりに想像《そうぞう》して読む。だが、あっ、この瞬間《しゅんかん》があの場面かなと感じられたときは、体ごと詩の世界に入ってしまうような気がする。薔薇《ばら》の木に薔薇の花が咲《さ》く、当たり前のことの中に薔薇の存在感《そんざいかん》を感じさせた「薔薇二曲《バラニキョク》」のように、白秋の詩は、自然の生命の輝《かがや》かしさを感じさせる。

石川啄木《いしかわたくぼく》　大逆事件《たいぎゃくじけん》（一九一〇年、明治天皇《めいじてんのう》暗殺計画を企《くわだ》てたとして、幸徳秋水《こうとくしゅうすい》ら、多数の無政府主義者《むせいふしゅぎしゃ》、社会主義者《しゃかいしゅぎしゃ》が検挙《けんきょ》された事件《じけん》）後、いち早く時代の確《たし》かな動きを感じ取り、次第に現実《げんじつ》の生活と社会に向けられた詩作を追究し、孤独《こどく》や絶望《ぜつぼう》を余儀《よぎ》なくされながらも新しい詩のイメージをつくりあげた。詩集『呼子《よびこ》と口笛《くちぶえ》』に収《おさ》められた「ココアのひと匙《さじ》」「飛行機《ひこうき》」は、その代表作。「飛行機」の「見よ」という言葉には、貧《まず》しさの中でも夢《ゆめ》を実現しようとする少年と自分自身への励《はげ》ましがこめられている。「拳《こぶし》」は自尊心《じそんしん》を傷《きず》つけられた怒《いか》りと、嘲《あざけ》られている自分の萎《な》えた気持ちを見つめて描《えが》いた作品。

萩原朔太郎《はぎわらさくたろう》　朔太郎の詩集『月《つき》に吠《ほ》える』は、言葉のもつ力を大いに引き出し、詩の言葉のかたちや様相をまったく新しくした。「竹《たけ》」や「静物《せいぶつ》」では、見えている部分と見えていない部分を対比《たいひ》させながら思いを伝える。しなやかな猫《ねこ》の姿《すがた》が浮《う》かび上《あ》がる「猫《ねこ》」や「時計《とけい》」は、擬音語《ぎおんご》が実に効果的《こうかてき》。「旅上《りょじょう》」で描《えが》かれた「ふらんす」は、旅そのものへのあこがれを表し、新調した背広《せびろ》、五月の若草《わかくさ》が旅への期待をより大きくふくらませる。

室生犀星《むろうさいせい》　出生の秘密《ひみつ》、養育先での苦労、高等小学校の退学《たいがく》等、幼少期《ようしょうき》の複雑《ふくざつ》で惨《みじ》めな生《お》い立《た》ちが、「ふるさとは遠きにありて思うもの」とし、『愛《あい》の詩集《ししゅう》』『抒情小曲集《じょじょうしょうきょくしゅう》』で文壇《ぶんだん》に名が轟《とどろ》いても、ふるさとにはほとんど戻《もど》ることがなかったといわれる。犀星には愛をうたったものが多く、人生に向けた深いまなざしを感じさせる。我《わ》が子《こ》を亡《な》くした父親の思いをうたった「靴下《くつした》」には、一人で悲しみに耐《た》える姿《すがた》が最後の一行で浮かび上がる。

百田宗治《ももたそうじ》　「遠いところで子供達《こどもたち》が歌っている」で、百田が聴《き》いている子どもたちの声は、人間は「はるかに支持《しじ》し合い、保《たも》ち合う」という確信《かくしん》だろう。歌い、遊び、あるいは争い合うときでさえも、本人たちが意識しなくても、百田は子どもという存在《そんざい》への可能性《かのうせい》をみているのではないだろうか。

宮沢賢治《みやざわけんじ》　「ああいいな」と感じられる日のすがすがしさをうたった「雲《くも》の信号《しんごう》」と、枝《えだ》いっぱいにエネルギーを蓄《たくわ》えた若《わか》い山ぐみの木をうたう「〈何《なん》と云《い》われても〉」は、声に出すともっとすてきな響《ひび》きになって届《とど》くだろう。最愛の妹トシとの別れをうたった「永訣《えいけつ》の朝《あさ》」は、トシの〈あめゆじゅとてちてけんじゃ〉という言葉が印象的。「〈雨《アメ》ニモマケズ〉」は、賢治の死後、手帳に書《か》き留《と》められていたものが発見された作品。いわば賢治の精神《せいしん》が貫《つらぬ》かれているのだが、ときに、自己犠牲的《じこぎせいてき》な部分だけがクローズアップされて使われるのが気になる。

八木重吉《やぎじゅうきち》　「素朴《そぼく》な琴《こと》」は重吉の代表作。秋の美しさに琴がひとりでに鳴り出すという四行の詩に引きつけられて、そこに佇《たたず》んでしまう。重吉の詩は、自然をうたい、短く、わかりやすい言葉で描《えが》かれながら、常《つね》に人間の内なる悲しみを抱《かか》えている。「いま　ないておかなければもう駄目《だめ》だ」という虫に、善《よ》いことにも悪いことにも「一生懸命《いっしょうけんめい》」な子どもに思いを馳《は》せるとき、重吉の心と重なりあっていくだろう。そして、声に出して、あなたの言葉の響きを聴《き》いてほしい。

小熊秀雄《おぐまひでお》　戦時下の軍事体制《ぐんじたいせい》の中で詩人たちも言論弾圧《げんろんだんあつ》を受け、沈黙《ちんもく》に追《お》い込《こ》まれた。その沈黙を破《やぶ》ったのが小熊秀雄で、「私《わたくし》はしゃべる／若《わか》い詩人よ、君もしゃべり捲《まく》れ」と発表し、筆一本で果敢《かかん》に戦った。「馬《うま》の胴体《どうたい》の中《なか》で考《かんが》えていたい」は、激《はげ》しい言論統制《げんろんとうせい》の中での苦悩《くのう》を推《お》し量《はか》ることができる作品だ。

中原《なかはら》中也《ちゅうや》　中也の二行、あるいは四行の形で構成《こうせい》された詩を読んでいると、繰《く》り返《かえ》し出てくる言葉によってリズムができてくる。このリズムの虜《とりこ》にされ、いつのまにか口ずさんでしまう。そして、「ゆあーん　ゆよーん」と揺《ゆ》れるブランコ、「ポッカリ」でた月と、擬音《ぎおん》語《ご》と擬態語《ぎたいご》の妙《みょう》に読者はそれぞれ想像《そうぞう》をふくらませる。落ちていた「ボタン」という何でもないような素材《そざい》がしかけとなって、特別な存在《そんざい》になり、「汚《よご》れっちまった」「…たら、…でしょう」などの平易《へいい》な言葉も読者を引きつける魅力《みりょく》となっている。

草野天平《くさのてんぺい》　詩作を遅《おそ》くに始めた天平が出した詩集は『ひとつの道《みち》』だけである。「詩人とは志《こころざし》を持つ人でなくてはならない」として、自らが詩に向かう姿勢《しせい》も、「何物にも動かされない気持」としての「本当さ」を求めるものだった。父親として、「人は少しでも自分と違《ちが》う力をかりてはいけない」といい、戦争に敗れた日本で何が本当の言葉なのか——自然の中で自分の価値観《かちかん》と向き合い、見極めようとしていた。

新美南吉《にいみなんきち》　南吉は「ごんぎつね」などの童話作家として有名だが、こうした物語も詩作と関係が深いといわれている。内なる悲しみを温めようとする「貝殻《かいがら》」や、湧《わ》き出る岩清水《いわしみず》を描《えが》いた「泉《いずみ》」も、自然や季節の移《うつ》ろいを鋭敏《えいびん》に感じ取っているからだろう。のびやかな明るさと清らかさの中に、哲学性《てつがくせい》や強さをも感じさせる。

立原道造《たちはらみちぞう》　ここでは、軽井沢《かるいざわ》（長野県）での夏の経験《けいけん》が、自然の豊《ゆた》かさに抱《いだ》かれながら、心の葛藤《かっとう》に揺《ゆ》れる道造の思いがソネット（十四行詩）でうたわれている。目の前の風景をそのまま表現《ひょうげん》せず、夢《ゆめ》の中の世界のように変えて語りかける手法が新鮮《しんせん》だ。初めて目の当《ま》たりにした浅間山《あさまやま》の噴火《ふんか》とともに、恋《こい》を体験した「はじめてのものに」は、別れた恋人《こいびと》との募《つの》る思いと寂《さび》しさをうたった「のちのおもいに」に対応《たいおう》する作品。

竹内浩三《たけうちこうぞう》　戦争を「悪の豪華版《ごうかばん》」と呼《よ》び、「……巨《おお》きな手が／おれを、戦場をつれていっても／たまがおれを殺しにきても／おれを、詩《うた》をやめない」と言い放つ言葉は、私《わたくし》たちの心に深く突《つ》き刺《さ》さる。するどく時代を見通しながらも、自由を奪《うば》われる苦しさや、死への恐怖《きょうふ》、軍隊での反発、戦争に対する悲しみや嘆《なげ》きが、厳《きび》しい言論統制《げんろんとうせい》の中にあっても、批《ひ》判精神《はんせいしん》を貫《つらぬ》き、そのときどきの心の動きを率直《そっちょく》にうたっている。

大関松三郎《おおぜきまつさぶろう》　松三郎が小学六年生のときに書いた作品。土の匂《にお》いのする、土と格闘《かくとう》しながら生きている生活があふれている。どしんとおろした一《ひと》くわが体に響《ひび》いてくるようだ。松三郎も太平洋戦争で命を落とす。二十歳《はたち》にも満たない若《わか》さだった。

（こでら みわ／日本子どもの本研究会・児童言語研究会 会員）

【編集付記】

編集にあたり、十代の読者にとって少しでも読みやすくなるよう、次の要領で、文字表記の統一をおこないました。ただし、できる限り原文を損なわないよう、配慮しました。

①底本は、それぞれの作品の、もっとも信頼にたると思われる個人全集、校本等にもとづき、数種の単行本、文庫本、初出雑誌等を参考に作成しました。各作品の底本については、別途一覧を設けました。

②送りがな、およびふりがなも、底本とその他の参考図書にもとづきました。これらに明示されていないふりがなは、編集部で付しました。

③旧かなづかいを、現代かなづかいにあらためました。

④漢字の旧字体は、新字体にあらためました。異体字の使用にあたっては、適宜基準をもうけました。

⑤外来語表記は、すべて底本通りにしました。

⑥「　」のなかの「。」を取るなど、一部形式的な統一をほどこしました。

◆収録にあたり、詩人の配列は生年順としました。各作品の配列は、必ずしも発表順とは限りません。

なお、本文中には、今日の人権意識から見て不適切と思われる表現がふくまれていますが、原作が書かれた時代的背景・文化性とともに、著者が差別助長の意図で使用していないことなどを考慮して、原文のままとしました。

〈くもん出版編集部〉

イラスト＝小林裕美子（脚注カット）

装丁＝池畠美香・曽根　彩・五十嵐麻実（アクセア）　**カバーイラスト**＝峰村友美

本文デザイン＝吉田　亘（スーパーシステム）

【底本一覧】

島崎藤村　初恋＝『藤村詩抄』（一九九五年・岩波書店）　椰子の実＝『藤村詩抄』（一九九五年・岩波書店）

与謝野晶子　君死にたもうことなかれ＝『ことばの流星群』（二〇〇四年・集英社）　夏の力＝『定本與謝野晶子全集』（一九八〇年・講談社）

高村光太郎　根付の国＝『高村光太郎詩集』（一九五五年・岩波書店）　冬が来た＝『高村光太郎詩集』（一九五五年・岩波書店）　道程＝『高村光太郎詩集』（一九五五年・岩波書店）　あどけない話＝『高村光太郎詩集』（一九五五年・岩波書店）　ぼろぼろな駝鳥＝『高村光太郎詩集』（一九五五年・岩波書店）　もう一つの自転するもの＝『高村光太郎詩集』（一九五〇年・新潮社）　激動するもの＝『高村光太郎詩集』（一九五〇年・新潮社）

山村暮鳥　風景＝『山村暮鳥全詩集』（一九六四年・彌生書房）　春の河＝『山村暮鳥全詩集』（一九六四年・彌生書房）　雲＝『山村暮鳥全詩集』（一九六四年・彌生書房）　ある時＝『山村暮鳥全詩集』（一九六四年・彌生書房）　馬＝『山村暮鳥全詩集』（一九六四年・彌生書房）　赤い林檎＝『山村暮鳥全詩集』（一九六四年・彌生書房）

竹久夢二　宵待草＝『竹久夢二文学館２』（一九九三年・日本図書センター）　春のあしおと＝『竹久夢二文学館５』（一九九三年・日本図書センター）　岸辺に立ちて＝『竹久夢二文学館２』（一九九三年・日本図書センター）　嘘＝『竹久夢二文学館２』（一九九三年・日本図書センター）

北原白秋　空に真っ赤な＝『北原白秋詩集』（一九五〇年・新潮社）　風＝『北原白秋詩集』（一九五〇年・新潮社）　落葉松＝『北原白秋詩集』（一九五〇年・新潮社）　片恋＝『北原白秋詩集』（一九五〇年・新潮社）　薔薇二曲＝『北原白秋詩集』（一九五〇年・新潮社）

石川啄木　夏の街の恐怖＝『新装日本の詩歌５』（二〇〇三年・中央公論新社）　拳＝『新装日本の詩歌５』（二〇〇三年・中央公論新社）　ココアのひと匙＝『新装日本の詩歌５』（二〇〇三年・中央公論新社）　飛行機＝『新装日本の詩歌５』（二〇〇三年・中央公論新社）

萩原朔太郎　竹＝『萩原朔太郎詩集』（一九五二年・岩波書店）　猫＝『萩原朔太郎詩集』（一九五二年・岩波書店）　群集の中を求めて歩く＝『萩原朔太郎詩集』（一九五二年・岩波書店）　時計＝『萩原朔太郎詩集』（一九五二年・岩波書店）　旅上＝『萩原朔太郎詩集』（一九五二年・岩波書店）　静物＝『萩原朔太郎詩集』（一九五二年・岩波書店）　月光と海月＝『萩原朔太郎詩集』（一九五二年・岩波書店）

室生犀星　小景異情＝『室生犀星詩集』（一九五五年・岩波書店）　駱駝＝『室生犀星全集３』（一九六六年・新潮社）　寂しき春＝『室生犀星詩集』（一九五五年・岩波書店）　はる＝『室生犀星詩集』（一九五五年・岩波書店）　朱の小箱＝『室生犀星詩集』（一九九七年・小沢書店）　夏の国＝『室生犀星全集１』（一九六四年・新潮社）　靴下＝『室生犀星全集３』（一九六六年・新潮社）

百田宗治　遠いところで子供達が歌っている＝『百田宗治詩集』（一九六一年・新潮社）　雨＝『百田宗治詩集』（一九六一年・新潮社）　深夜の機関車＝『百田宗治詩集』（一九六一年・新潮社）

宮沢賢治　雲の信号＝『新・校本宮澤賢治全集2』（一九九五年・筑摩書房）　永訣の朝＝『新・校本宮澤賢治全集2』（一九九五年・筑摩書房）　松の針＝『新・校本宮澤賢治全集2』（一九九五年・筑摩書房）　〔何と云われても〕＝『新・校本宮澤賢治全集4』（一九九五年・筑摩書房）　〔雨ニモマケズ〕＝『新・校本宮澤賢治全集6』（一九九五年・筑摩書房）

八木重吉　素朴な琴＝『八木重吉全詩集』（一九八八年・筑摩書房）　虫＝『八木重吉全詩集』（一九八八年・筑摩書房）　ひとを怒る日＝『八木重吉全詩集』（一九八八年・筑摩書房）　母を思う＝『八木重吉全詩集』（一九八八年・筑摩書房）　子ども＝『八木重吉全詩集』（一九八八年・筑摩書房）　皎皎とのぼってゆきたい＝『八木重吉全詩集』（一九八八年・筑摩書房）

小熊秀雄　馬の胴体の中で考えていたい＝『小熊秀雄詩集』（一九八二年・岩波書店）

中原中也　サーカス＝『中原中也詩集』（一九八一年・岩波書店）　汚れっちまった悲しみに……＝『中原中也詩集』（一九八一年・岩波書店）　湖上＝『中原中也詩集』（一九八一年・岩波書店）　月夜の浜辺＝『中原中也詩集』（一九八一年・岩波書店）　閑寂＝『中原中也詩集』（一九八一年・岩波書店）

草野天平　子供に言う＝『定本草野天平全詩集』（一九六九年・彌生書房）　戦争に際して思う＝『定本草野天平全詩集』（一九六九年・彌生書房）　武蔵野を歩いて＝『定本草野天平全詩集』（一九六九年・彌生書房）　夜明け＝『定本草野天平全詩集』（一九六九年・彌生書房）　一人＝『定本草野天平全詩集』（一九六九年・彌生書房）

新美南吉　泉〈A〉＝『校定新美南吉全集8』（一九八一年・大日本図書）　泉〈B〉＝『校定新美南吉全集8』（一九八一年・大日本図書）　貝殻＝『校定新美南吉全集8』（一九八一年・大日本図書）

立原道造　風の話＝『立原道造詩集』（一九八八年・岩波書店）　のちのおもいに＝『立原道造詩集』（一九八八年・岩波書店）　或る風に寄せて＝『立原道造詩集』（一九八八年・岩波書店）　夢みたものは……＝『立原道造詩集』（一九八八年・岩波書店）　はじめてのものに＝『立原道造詩集』（一九八八年・岩波書店）　わかれる昼に＝『立原道造詩集』（一九八八年・岩波書店）

竹内浩三　骨のうたう（補作型）＝『定本竹内浩三全集』（二〇一二年・藤原書店）　ぼくもいくさに征くのだけれど＝『定本竹内浩三全集』（二〇一二年・藤原書店）　蝶＝『定本竹内浩三全集』（二〇一二年・藤原書店）　詩をやめはしない＝『定本竹内浩三全集』（二〇一二年・藤原書店）

大関松三郎　虫けら＝『山芋』（一九六六年・百合出版）

【協力】（敬称略）
萩原昌好

読書がたのしくなる●ニッポンの文学

詩　こころをゆさぶる言葉たちよ。

二〇一三年十一月十六日　初版第一刷発行

作家――島崎藤村・与謝野晶子・高村光太郎・山村暮鳥・竹久夢二
北原白秋・石川啄木・萩原朔太郎・室生犀星・百田宗治
宮沢賢治・八木重吉・小熊秀雄・中原中也・草野天平
新美南吉・立原道造・竹内浩三・大関松三郎

発行人――志村直人
発行所――株式会社くもん出版
〒108-8617　東京都港区高輪4-10-18
京急第1ビル　13F
電話　03-6836-0301（代表）
03-6836-0317（編集部直通）
03-6836-0305（営業部直通）
http://www.kumonshuppan.com/

印刷所――株式会社精興社

NDC911・くもん出版・160ページ・20㎝・2013年
ISBN978-4-7743-2182-0